おかしな転生
ふわふわお菓子は二度美味しい

# おかしな転生

XXIII

ふわふわお菓子は二度美味しい

古流 望

NOZOMU KORYU

TOブックス

TERS

## モルテールン家

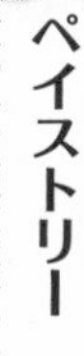

### ペイストリー
末っ子。領主代行。寄宿士官学校の教導員を兼任中。最高のお菓子作りを夢見る。

### アニエス
ペイスの母。子供たちを溺愛する子煩悩な性格。

### カセロール
ペイスの父にして領主。息子のしでかす騒動に悪戦苦闘の毎日。

### リコリス
フバーレク辺境伯家の四女。ペイスと結婚。ペトラとは双子。引っ込み思案な性格。

## モルテールン領の人々

### シイツ
モルテールン領の私兵団長にして、従士長。

### ラミト
外務を担う従士。期待の若手。

### デココ
元行商人。モルテールン家お抱えのナータ商会を運営している。

## 寄宿士官学校

### シン
寄宿士官学校の訓練生。頭が切れる。毒舌。

# CHARAC

## レーテシュ伯爵家

**セルジャン**
オーリヨン伯爵家の次男。レーテシュ伯と結婚した。

**レーテシュ**
王国屈指の大領地を治める女傑。三つ子の娘たちを出産した。

## ヴォルトゥザラ王国

オアシスの交易拠点として栄え、マフムード家が周囲の各部族を制圧して勢力を広げてできた国。

## ソラミ共和国

**アモロウス**
国随一の魔法使い。女に目がない。神王国に留学中。

## ボンビーノ子爵家

**ウランタ**
ペイスと同い年ながらボンビーノ家の当主。ジョゼフィーネに首ったけ。

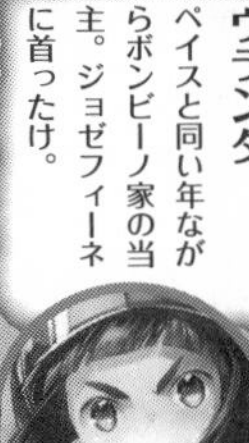

**ジョゼフィーネ**
モルテールン家の五女。ペイスの一番下の姉。ウランタの新妻。

**ニルダ**
元傭兵にして現ボンビーノ家従士。通称、海蛇のニルダ。

## カドレチェク公爵家

**スクヮーレ**
カドレチェク公爵家嫡孫。垂れ目がちでおっとりとした青年。ペトラと結婚した。

**ペトラ**
フバーレク家の三女でリコリスの双子の姉。スクヮーレと結婚した。明るくて社交的な美人。

## フバーレク辺境伯家

**ルーカス**
地方の雄として君臨するフバーレク家の当主。リコリス・ペトラの兄。

**ルミニート**
通称「ルミ」。寄宿士官学校の訓練生。幼馴染のマルクと結婚。

**マルカルロ**
通称「マルク」。ペイスとは幼馴染。寄宿士官学校の訓練生。遂にルミと夫婦に。

## 王家

**カリソン**
第十三代神王国国王。カセロールを男爵位へと陞爵させた。

**ルニキス**
神王国の第一王子。

CONTENTS

TREAT OF REINCARNATION

イラスト:珠梨やすゆき YASUYUKI SYURI
デザイン:ヴェイア Veia

第三十四章

# ふわふわお菓子は二度美味しい

# 領地交換会議

藍上月も終わり、藍下月に入った頃。

陽光は勤勉さを体現するかのように燦燦と降り注ぎ、人々は肌をこんがりローストされながら仕事を熟す時期。

ブラウリッヒ神王国の王都では、一つの議題が持ち上がっていた。

王城にある青狼の間。

格式高く諸外国の来賓をもてなす際などに使われる重要な部屋である。

それなりに地位のある貴族しか入ることを許されないこの部屋では、目下会議の真っ最中。

集まる人間は、国政に関わる重鎮ばかりだ。

内務尚書、財務尚書、軍務尚書、外務尚書、農務尚書などなど。或いはそれぞれの次官クラス以上が揃い、椅子を並べる。

先の大戦以降国王への権力集中を進め、実力のある者を引き上げてきた国だ。誰一人をとっても神王国にとって重要な人物である。

勿論、会議の出席者も自分と出席者の地位を理解している者しかいない。

権力闘争の一面も持つ宮廷政治では、些細なひと言から揚げ足取りで損害を受けることもある。

誰も彼もが威儀を正し、口を重たくする会議。

出てくる言葉は、熟慮を重ねた発言ばかりだ。

会議の議題自体は多岐にわたり、来年度の予算の割り振りから各部門の年次報告など、毎度の定例議題が消化されていった。

定例議題だからといって、軽んじてはいけない。むしろ、いつもどおりの内容だからこそ、あの手この手で自分たちの利益を増やそうという策謀が張り巡らされている。

嘘や誤魔化しをすることはないにせよ、作物の不作を誇張して予算拡充を訴える農務尚書。外国の動きを警戒すべきだと喧伝する外務尚書。外国の動きに備えるならば、自分たちが相応しいとアピールする軍務尚書などなど。

いつもどおりと言いつつも、手を変え、品を変えて仕掛けてくる同僚たち相手に、誰一人として気を抜けない会話が交わされる。

だが、いつもどおりでないこともある。

毎度おなじみの議題、定例の報告、変わり映えのしない顔ぶれ。

そこに飛び込んできたのが、件の議題。とっておきのトピックス。

「領地替えか」

国王カリソンは、面白そうにニヤつきながらつぶやく。

まだ先のことであるとは前置きしつつも、来る時期と状況次第ではご検討いただきたい、という要望だった。

要望を挙げたのは、カドレチェク軍務尚書。尚書の職務として、部下から預かった封書を陛下に奏上したのだ。

領地替えを願い出たのはモルテールン子爵。

国軍第二大隊を預かり、また神王国南方に小国にも匹敵する広大な領地を持つ国家の功臣。未開地や魔の森が領土の大半を占める僻地であるが、潜在力の高さは国内随一であると見込まれる。

当代の子爵も先の大戦で武勲を挙げた英雄であり、領主としての才覚、国軍隊長としての実績共に豊かな歴戦の名将だ。

この、国軍の重鎮モルテールン子爵からの要望に宮廷内の意見は割れた。

「ボンビーノ子爵家に生まれた子供が、男であった場合、という条件が解せませんな」

「そうです」

要望の内容は、少し複雑な条件であった。

今現在、南部の領地貴族であるボンビーノ子爵の細君が、妊娠中である。この細君というのがモルテールン子爵にとっては実の娘であり、つまりはボンビーノ子爵家のことは親戚の問題。それがために首を突っ込んだという事情だ。

無事に子供が生まれた場合、そしてそれが男児であった場合。生まれてきた子供は、正当なボンビーノ子爵家の跡継ぎとなるだろう。

ボンビーノ子爵の領地は、天然の良港を抱え、かつ南方の主要国道二つの両方を通すという好立地にあり、富貴にして活況にあると有名だ。

生まれてきた跡継ぎに、娘を嫁がせたがる人間は多いだろうと目される。

事実、まだ生まれてきてもいないのに、ボンビーノ子爵家次期当主の婚約者の席を巡って二つの貴族家が争った。

南部閥領袖レーテシュ家と、東部閥領袖フバーレク家がその二家である。

東南それぞれの地域を纏め、神王国でも指折りの権勢家である両家の衝突は、影響と被害が甚大。

そこで、モルテールン家が仲裁案をまとめた、というのがことの経緯である。

仲裁案の骨子は二つ。ボンビーノ家の次期当主の嫁について、争った二家のどちらとも繋がりのある家から迎えることと、東部と南部でそれぞれ一家ずつ、領地を入れ替えるという交換案だ。

どこの家が誰を嫁にするかなどというのは当人同士で決めればよいことであろうが、領地の交換ともなると王命が要る。

だからこそ、今のうちに了承をお願いしたい、というのが今回の要望だ。

「聞けば、ボンビーノ家の正妻と当主は仲睦まじいとか。さすれば、子供が何人生まれても不思議はない」

「うむ、そのとおり。いずれ男が生まれたらとはあるが、男が生まれるまで夫婦が励めば、このような条件など建前にしかならんではないか」

この世界では、多子多産が常識。

現代的な衛生観念の育っていない地域ともなれば、子供のうちに死んでしまうというのは珍しいことではなく、故に子供は多いほど良いと考えられている。

ボンビーノ家の夫婦の関係性について、本当のところはどうであるか。赤の他人からはなかなか見えづらい所ではあるが、噂に聞く限りでは夫婦仲は良好であるという。

既に子供ができていることから考えても、その噂の真実性は高い。

モルテールン家の持つ〝癒やしの飴〟があれば、或いは【瞬間移動】によって聖国の癒やし手を連れてこられるなら、産後の不安もないだろう。子供も無事に育つ公算が高い。

仲のいい夫婦が居て、産前産後も含めて健康不安もなく、子育ても乳母を何十人でも雇えそうな状態にある。

となれば、子供が一人だけという可能性よりは、二人目、三人目と生まれて無事に育つ可能性のほうが高かろう。

貴族たちは、自分の常識に沿ってそう判断した。

子供が複数人生まれてくるのなら、仮に最初の子が女の子で生まれたとしても、いずれ男の子が生まれてくるだろう。むしろ、男が生まれるまで夫婦で頑張るはず。

確率論から考えても、男子は生まれると仮定して考えたほうが正しい。

〝大人たち〟の共通認識として、男児誕生はもう確定事項に近い。

「しかし、モルテールン家は女系ではないのか？　モルテールン子爵の子供は上から五人が全て女だったはずだ」

「そうは言っても、結局嫡男が生まれている。それに、モルテールン家から嫁いだ他の娘も、男を産んでいる。やはり、男が生まれた場合というのも、確実にそうなると思っておいたほうが良かろう」

科学的教育の行き届いていない世界。現代人からすれば一笑に付す迷信を心の底から信じている者は多い。

女性には男児を授かりやすい男腹と、女児ばかりを産む女腹の二タイプがある、などというのはその迷信の筆頭だ。

子供の数と質が家の繁栄にも没落にも繋がる貴族社会では、子供にまつわる言い伝えや迷信は驚くほどに多い。

モルテールン家の場合は五人の娘が続いた後に、長男を授かっている。モルテールンは女腹、などという風評は、起きて当然なのだろう。

だがしかし、迷信を信じない者も居る。そもそも、最後に生まれた長男が、ほかならぬ龍殺しの英雄ペイストリー。彼一人が生まれただけでも、モルテールン家の娘たちが女腹という風評を吹き飛ばす。モルテールンの男児がとてつもなく強い印象を残すので、上の姉たちの印象が霞むのだ。

モルテールン家に生まれた娘を妻にしたボンビーノ家であれば、それをよく知っているだろう。むしろ、ペイストリーのような息子を欲しがっているかもしれない。

ならば、男児が生まれるまで、という言葉の説得力も増す。

他にも反論が幾つか挙がるものの、それぞれ諭されて勢いをなくしていった。

「では、この前提が満たされるとして、モルテールン家の提案はどう思うか」

王の下問（かもん）に貴族たちは、一斉に押し黙る。

モルテールン家の提案には、幾つかの有力貴族が絡んでいるからだ。

東部の領地貴族に強い影響力を持つフバーレク辺境伯家、同じく南部では類稀な指導力を発揮するレーテシュ伯爵家、そして南部でレーテシュ家に対抗しうるただ二つの家。モルテールン家とボンビーノ家。

他にハースキヴィとリハジックが絡んではいるが、此方(こちら)はおまけだろう。

どの家をとっても、決して軽んじることはできない家。下手な発言をしてしまうと、思わぬところに落とし穴があるかもしれない。口も重たくなる。

東部と南部の権力争いに際し、モルテールン家が出張って仲裁し、丁度いい落としどころを作った。というのが今の状況である。

表に出ている情報だけで、どこまで判断して良いのか。

「小職(しょうしょく)は、積極的に認めるべきだと思う」

「ほう」

真っ先に声を上げたのは、宮廷内部でも親モルテールン派の軍務尚書だった。

カドレチェク軍務尚書はモルテールン家とも縁戚であり、立ち位置としてモルテールンを擁護することの多い立場である。

彼がモルテールン子爵の提案に賛同することは、特に驚くようなことではない。

「そもそも、この提案は東部と南部でそれぞれ一家ずつ、領地ごと交換しようという話。他の誰かが得をするものではなく、また損をする話でもない。ここにきて他のものが口を出すと、更に話がややこしくなる。折角上手く折り合いがつこうかという交渉を壊すとすれば、最悪は東部と南部の離反まで考えねばならん」

「国軍がいるではないか」

「国軍の一角を、モルテールン子爵が掌握しているのにか」

「む……」

もしも東部と南部で反乱が起きたとしたら。

鎮圧するのは国軍の仕事となるだろう。

その国軍の第二大隊はモルテールン子爵が大隊長を務めている。

また、国軍全体を見てもモルテールン家に近しい家が幾つかあり、完全に南部を敵にしてしまった場合。これらの隊が真っ当に機能するとは断言しかねる状況だ。

また、東部のフバーレク伯もカドレチェク家と親しい軍家。国軍の中には東部閥と縁故の強い者も大勢在籍している。これらがいざ敵に回るとするのなら、悪くすれば国軍が麻痺する事態もあり得た。

最悪の最悪を考えるとするなら、東部と南部の反乱に合わせ、国軍の一部がクーデター紛いに同調する可能性すらある。

大して中央に影響のないことであれば、認めるべきではないか。

多くの意見は集約してまとまっていく。

最後に、国王カリソンが結論を出した。

「やはり、ここは認める方向で動くしかなかろう」

宮廷は、俄かに慌ただしくなる。

# 父親の懇願

モルテールン家王都別邸。

貴族街の他の家と比べればこぢんまりとした屋敷の中、いつもであれば夫婦二人に、僅かな部下と限られた使用人という小所帯であるこの家に、賑やかしが増えていた。

モルテールン子爵カセロールが、息子を呼び出しているからだ。

一人で三人分は賑やかになる息子。ペイストリーは、執務室で父親と相対していた。

「例の一件、陛下の内諾(ないだく)を得た」

「おお、それは朗報ですね」

例の件とは、ペイスが主導していたボンビーノ子爵家の婚約者騒動である。

下手をすれば内戦まであり得た大貴族同士の衝突を、ペイスが一策をもって解決した問題。

もっとも、解決といっても関係者同士で合意が得られただけの段階だ。そこから各所に根回しをして了承を取りつけねばならないと思っていたところ。

関係者の同意、親族周りの同意、領地替えに伴う隣近所への配慮、王宮貴族への根回しに、王家への了承願いなどなど。

人間というものは社会性の動物であり、疎外される、仲間外れにされるということは嫌悪感を伴う。ハブられても気にしない人間は居ても、気持ちよくなる人間はまずいない。意図的に特定の人間を仲間外れにすることがイジメと呼ばれる程度には、疎外行為は嫌なことだという共通認識があるだろう。

どんなに合理的で、関係者に同意を得ている提案だったとしても、後になって「聞いていなかった」と怒り出す人間というのは、珍しくないのだ。自分も仲間になっているべきなのに、自分を無視して決められた、疎外されたと憤る。

なまじそういった人間ほど権力をもっていたりする。

大事なことであるからこそ、ことが本格的に動き出す前に、あちらこちらに挨拶へ出向き〝了承〟を形だけでも受けておく必要があるのだ。貴族社会というしがらみの、厄介なところだろう。

それがまず最初に、一番上の国王陛下から承諾を貰えたというのは確かな朗報である。

少なくとも最後の最後でひっくり返される心配はなくなった。あとは、じっくりと既成事実を積み上げていけば大丈夫だろう。

国王も了承したことを、駄目だと面と向かって突っぱねることはなかなか難しいのだから。

今後の宮廷工作もやりやすくなるだろうし、根回しも順調に進むはず。

「多少騒いだ連中もいたが、流石にレーテシュ家とフバーレク家を揃って敵に回す度胸のある人間はいなかったようだな」

今の神王国においては、レーテシュ伯とフバーレク伯は地方閥の二大巨頭と言って良い。北のエンツェンスベルガー辺境伯家や西のルーラー辺境伯家と比べて、最近では一段上の影響力を有している。

フバーレク伯は軍事閥と非常に縁が深い地方閥のトップであるが、先ごろは隣国の一部を併呑し、領土拡張を果たした。領土拡張の余地がそもそも海に阻まれている南部は言うに及ばず、大国二つと向かい合っている北部や、軍事的に劣勢を言われる西部では、軍事的功績を尊重する軍部に対しての影響力が違う。

勝馬に乗りたがるのが賢い貴族の習性というもの。事実として軍功をあげ、現実に領土を手にしたフバーレク家は、先の大戦で領土を失陥したまま他の人間に取り返してもらったという汚名を雪げずにいるルーラー辺境伯や、専守防衛に徹して領土拡張を欠片も考えていないエンツェンスベルガー辺境伯と比べても軍人としては仲良くし甲斐がある。

領地が増えれば管理する人間の数も増えるし、管理者として貴族が必要となるならば自分たちのポストも増えると考えるからだ。軍人として活躍し、手柄をたてて領地を貰おう、と考える人間ならば、領地を獲得しやすい人間とは仲良くするに越したことはない。

また、レーテシュ家は外務閥に顔が利く。海運と交易によって巨万の富を得ているレーテシュ家であるからして、対外貿易における外交折衝の重要さは何処よりも理解している。

海洋貿易は、海を持つ国全てと関わりがあり、また一つの国の中に幾つもの勢力が混在する場合も多い。神王国とて一枚岩ではなく、幾つもの思惑が重なってバランスを保っている。

況や、他の国でも同様。

外国との交易で接触を持つ以上、何時だって揉め事は大小さまざまに起きる。脳筋軍人のように、何でも力で解決、戦いで白黒つけるという訳にはいかない。

込み入った他国の事情を理解しつつ、神王国の利益を考え、かつ当事者にも納得できる配慮をする。

外交交渉の難しさの中には、専門家の出番が幾らでもあるということだ。

レーテシュ家が外務閥に含まれるのも、この専門性を知悉（ちしつ）しているからである。

貿易という膨大な富の源泉と、それに必要とされる外交の専門家。自分の能力に自信のある外務系貴族は、レーテシュ家とは何時だって懇（ねんご）ろになっておきたいと思うものだ。

仲良くしておけば、いざという時にお声がかかるかもしれないし、声がかかればそこには必ず大きな利益がある。

利に敏い人間にとっては、仲良くするに越したことはない。

フバーレク家が〝頼み事〟をすれば前向きに動いてくれる人間、レーテシュ家が〝お願い〟すれば喜んで手伝ってくれる人間が、王宮貴族の中には一定数存在する。

つまり、フバーレク家もレーテシュ家も、中央政界に強い影響力を有しているということ。

それぞれに地方閥トップとして確固たる地位を得て、更には中央の宮廷にも影響力を有する二家。

幾らなんでも、両家を相手取って喧嘩する覚悟のあるような家はない。

どちらか一方ならばやりようもあるかもしれないが、同時に相手取れるとなるとそれはほぼ国家の半分を相手にするようなものである。

「皆さん、根性がありませんね」

事情は理解しているが、それでも多分に打算的な宮廷貴族たち。彼らを根性なしと評するペイス。

「そうは言うが、私でも両家を同時に敵にしたくはないぞ？　お前もそうだろう」

「まあ、そうですね」

したいか、したくないかで言えば、したくない。

彼は自称平和主義者なので、避けられる揉め事は避けたいと宣った。

「これで、南部と東部のごたごたは避けられる目途が立った。この件がある間は、ある程度安定するはずだ」

「そうですね」

「ならば、今こそ内政に本腰を入れる時期だ。そうは思わんか?」

「同意します父様。ヴォルトゥザラ王国とは伝手もできて安定した関係性を作れたと自負します。南部と東部も、同じく安定するとなれば、モルテールン領にとって取り急ぎ解決せねばならない外的要因はほぼなくなりました。外に不安がない今、内を固めるのは正解だと思います」

「うむ」

カセロールは、息子が自分の意見に賛同してくれたことを心強く思った。

この息子が同意してくれるのならば、自分の意見は正しいと確信できる。

「それで、ペイスの考えはどうなんだ?」

父親は、ペイスの意見を聞こうと体を椅子に預ける。

「現状を整理しますと、まず経済的に、当家は向こう二年は無税でいけるだけのゆとりがあります」

「うむ」

現在、モルテールン領はタックスフリーである。

大龍の売却益が膨大であった為、いきなり大油田が湧いた砂漠国の如く、住民に対する租税は低い。

人手が慢性的に不足していることから移民を歓迎しているという事情もあるし、モルテールン家だけが金を抱え込んでいることによる神王国全体としての経済悪化を懸念しているという事情もある。

実に当たり前の話だが、お金というものは使わなければ誰の懐も潤さない。使ってこそ経済が循環する。モルテールン家が大金を稼いだ以上、それを有効に使うのも領主としての仕事であるという理由があって、一方的に持ち出しで領内の運営を行っていた。

「そのうえで、多少の大型予算であっても対応できるだけの予備もある」

「そうだな」

無税というのも永遠に続く訳ではないのだが、ある日から急激に重税を課すようなこともあり得ない。緩やかに通常の運営に戻していくにあたり、大事なのは領民の懐を温めること。

いわゆる〝実入りのいい仕事〟をきちんと提供することで、多少の税金を払ってもモルテールン領に住むほうが他所に住むより良い、と思わせる。

無税という大看板で人を呼び込み、徐々に税負担を通常に戻しつつ経済的な活況で定住を促し、世代を跨げば愛郷心も芽生え、モルテールン領の国力が増す。

実に長期的なプロジェクトだ。

経済的な活況。好景気を作ろうと思うなら、公共工事をはじめとする雇用創出は有用だ。

いつ何時、大規模な公共プロジェクトが必要になるかも分からない。臨時支出に備えておくのは必要な施策。

モルテールン領では、金貨五万枚という大金をこの予備費に宛てている。

町の一つや二つを丸ごと新しくできるぐらいの予算だ。

予備費としては過剰なほどであり、相当な大型プロジェクトでもドンとこいと受け止められる。

予算面での不安は皆無に等しい。

「やはりここは、将来を見越した投資を行うべきだと思っております」

ペイスが、きっぱりと断言した。

これから為(な)すべきことを、しっかりと考えてきたのだろう。

息子の様子から説得力のある腹案があるのだろうと察したカセロールは、その内容を尋ねる。

「具体的には？」

「まずは、魔の森の開拓を続けます」

「うむ」

「国軍が協力してくれる間に、せめて村の一つも作って、橋頭保(きょうとうほ)を確保したい」

「そうだな、いい考えだと思う」

魔の森には、既に魔物の存在が確認されている。

普通の領主であれば、何をわざわざそんな危険な場所に、予算を投じてまで手を出すのかと笑うだろう。

モルテールン領には、未開地もまだまだ多い。魔の森に限らずとも開拓する余地はあるのだ。

しかし、ペイスは魔の森に手をつけるべきだと断言した。

そこに不純な動機が見え隠れしているものの、危険だからこそ予算が潤沢である時に手をつけておき、せめて一区切りつけられる部分まで形にすべきだという意見はカセロールにも理解できた。将来何かあった時でも、しおりを挟んでおけばそこから再開できる。橋頭保を作っておくのは、悪いことではない。

「更に、魔の森の新しい村と、ザースデンを結びたいと思っています」

「道路付設か。なるほど」

ただ単に切り開いて村のようなものを作れたとしても、それを維持できなければ意味がない。更に、維持だけでなく発展させなければ投資が回収できない。

ならば、既存の領都と結ぶことで発展の道筋を作りたいとペイスは言う。

村を大きくしたいなら、交通網の整備は必須である。

「ええ。その為には、外敵対策を行う必要がある」

「何か考えはあるのか?」

「多少は」

自信ありげに頷くペイス。

「まあ任せよう。お前がそこまで言うんだ。領地のことは任せたのだから、好きにするといい」

「はい」

魔の森は、外敵がうじゃうじゃいる。

それも、普通の兵士では対処できないような外敵が、である。

普通の軍ならば相当な人員を割いて、常に張りつけておくのが最善となるわけだが、まだ利益を一ロブニも生まない場所に、そこまで投資する価値があるのか。

常識的に考えれば、費用対効果の面からも相当に投資回収が難しいと思えるのだが、ペイスは考えがあると断じた。

ならば、信じる。そして任せる。

カセロールは、生来の豪胆さで息子に一任と決めた。

「そして……いずれは、南部街道(サウシーロディア)へも道を繋げたいと考えています」

「……それはまた大胆な試みだな」

前々から構想自体は聞いていたが、ペイスの言葉を聞いて改めて驚くカセロール。

魔の森を通って海まで抜ける大街道構想。

実現することができるならば、経済波及効果は大きい。

「それができるかどうかは、これからの開拓次第ですが」

「できるか？」

「やってみせます」

むん、と両手を握るペイス。

気合十分、やる気十分、お菓子への欲望十二分である。

「むしろ、開拓ができた後のほうが問題かもしれません」

「開拓した後？」

Nachillie
Reteshble
Sahsden

ペイスの言葉に、続きを促すカセロール。

「開拓ですから、入植を進めねばなりませんが、無秩序な入植は極めて危険です。誰かしら、入植者の統率を執れる人間を頭に置いておく必要がありますが……」

「適当な人間がいないか？」

「はい。急場を凌ぐだけならばシイツあたりに見てもらうことも考えていますが、恒常的にというのは無理です」

魔の森の開拓地への入植ともなれば、トラブルは幾らでも考えられる。そこに置いておく人材となると、モルテールン家でも適格者は少ない。

シイツ従士長は腕っぷしの強さや政務への理解度という点で申し分なく、置いておくには良い人材。しかし、彼ほどの人間を開拓地にずっと張りつけるのも問題が多い。

「当たり前だ。当家の従士長だからな。他に心当たりはないのか？」

「これは、と思う人材が一人。いるにはいるのですが……。当人側に幾つか問題もありそうです」

ペイスの含みのある言葉に、怪訝そうにする父親。

「問題？　よくわからんが、解決できるのか？」

「やってみせます。あとは、当人の覚悟が決まるかどうか。上手く人選が嵌まれば、きっと開拓も成功します」

「ならば、何も言わん。領地のことはお前に任せる。頼んだぞ」

「分かりました。ご期待には、必ず応えてみせましょう。父様も驚くような成果を出してみせます!!」

勢いよく請け負うペイス。

「いや……普通で良いぞ、普通で。くれぐれも、驚くような結果にはするなよ。いいな、くれぐれもだぞ」

カセロールは、ペイスの勢いに水を差す。

無駄であることを承知しながら。

## 今後の進路

モルテールン領の本村。

既に村とは呼べなくなっている都市の一等地にある領主館の応接室に、数人の男がたむろっていた。

一人はモルテールン領領主代行のペイス。もう一人は国軍の大隊長バッツィエン子爵。他にもシイツやら国軍の小隊長やらがいる。

「ご足労頂きまして恐縮です、バッツィエン子爵」

「いやなに、魔の森の探索も順調であるから、何の問題もない」

引き締まっているものの、年齢相応に小柄なペイス。対し、平均を大きく上回る身長で鍛(きた)え抜かれたバッツィエン子爵。

二人が相対すると、体格差が凄まじい。

メロンパンでもくっつけているのかと言いたくなるほど盛り上がった胸の筋肉。子供の胴回りぐらいは軽くありそうなほど太く鍛えられた腕の筋肉。綺麗に割れて数が数えられる腹筋に、絶対にズボンは特注だと確信させるほど逞しい大腿。

子爵の体格は、徹頭徹尾筋肉でできている。

ペイスはどちらかといえば無駄をそぎ落としたような細マッチョだ。腹筋は硬いし余計な脂肪は少ないが、太さはあまり感じない。

何故か腕を上げてポージングする子爵の奇行をさらりと流し、元祖の奇行師はお茶を飲む。

「それで、今回の呼び出しはどういった用件であろうか」

「はい。今後の進め方について打ち合わせておきたいと思いまして」

ペイスが子爵を呼びつけたことについて。

これは、ペイスのほうが指揮権を持つ上位者であるから当然のことだ。

部下から現状の報告を定期的に受け取り、状況の変化に応じて指示を出す。ごく普通の通常業務である。

しかし、戦場の経験も豊富なマッチョは、風貌からは似合わぬ知性と経験を持ち合わせている。

ペイスたちの様子が少しいつもと違うことに気づいたのだ。

「それだけでもなさそうだ」

「流石の御明察です」

「世辞は不要だが、そう言うということは、やはり何かあるのかな?」

「はい。実は魔の森の開拓について、子爵の意見を伺いたいと思いまして、こうしてお呼びたてした次第です」

「おお、良いとも。何でも聞いてほしい」

ドン、と胸を叩く子爵。

現代のものに比べて、生地に伸縮性がない服である為、前で留めているシャツのボタンがちぎれ飛びそうなほどパツンパツンに胸が張っている。

ちなみに、モルテールン領に来てからでも二回ほどボタンを飛ばしている。

「現状は拠点維持を指示していたと思いますが」

モルテールン領軍を預かり、国軍に対して命令権を有するペイスは、目下の命令を拠点防衛としていた。

軍事的な命令としてはさほど珍しくもない命令だ。

軍事拠点は維持することこそ大事であり、駐屯部隊に防衛を任務として命令するのは通常業務に近い。

ついでに、拠点付近の定期的な観測も任務として与えてある。

何があるか分からないブラックボックスな森だ。安全第一として、少しずつ確実に既知の領域を広げていくようにしていた。

「うむ。基本的には維持を目的にしつつ、ザースデンとの補給路を補強しつつある」

「ふむ」

バッツィエン子爵は歴戦の軍人だ。

戦場に立った経験も一度や二度ではないし、実戦経験も豊富。

魔の森というフィールドでの活動とはいえ、敵がいる以上は戦場にも等しい。戦いの場においては、後顧の憂いなく戦えるという状況を作るのは指揮官の務めとも考えている。

今現在、魔の森の駐屯地は軍人が防衛のことのみを考えて整備したもの。

いかに効率的に、いかに長期間、いかに簡単に防衛できるかを主眼に置いて活動している。

即ち、居住性は悪い。

人が快適に暮らすことを目的としていないので、とにかく普通に暮らすことを考えると不便が大きいのだ。

例えば水場。

戦いになり、或いは拠点防衛の為に長期間籠城のような羽目になるかもしれない。そうなった時の為に、水の利用は許可制だし、何処にでも水を捨てていいわけでもない。いざという時の為に貯水していると、水場だけに湿度が高くなり不愉快極まりない状況になる。

また、食料の保存を考え、湿気で劣化しないようにと水場と食糧貯蔵場所は離されていて、食事をするたびにかなりの距離を移動して水を汲まねばならない。

或いは寝床。

拠点防衛の効率性を考え、寝る場所は防壁の傍になっている。いざという時には寝ている人間も飛び起きて、即座に防衛に加わる為だ。

この防壁の傍というのが頂けない。それなりに高さがある為日当たりは悪くなるし、常に人が起きて動き回っている場所の傍ということで四六時中音がする。

快眠できる環境とはとても言えない。

一事が万事、効率を考えて居住性や快適性を無視している。

軍人だけが利用するならそれも仕事の内と割り切っても良いだろうが、今後拠点を橋頭保に、長期滞在する人員を用意したいペイスとしては不満があるわけだ。

それに、補給というのも基本的には軍事の為のもの。

神王国の国軍は騎士が運用単位の基本になる為、補給路も軍馬の通行を想定する。

つまり、邪魔な立ち木や草木は徹底して除去するが、道の排水や驚異の排除は行わないということ。

軍馬であれば訓練もされているため、近くに少々の獣が湧いた程度では驚かない。排水の甘い道で水たまりが幾らかできたところで、鍛えられた軍馬であればそのまま通ってしまえばいい。人間の腰程度までの水たまりなら、軍馬で通行できる。

また、騎士には従者がセットなので、単独通交も想定していない。一人二人が道を行くのではなく、最低でも一班七名程度の単位でしか通行を想定していない。

結果、人間が歩いて通るには無駄に高い場所まで剪定されている割に、道は荒れがちで安全とも言い難く、ちょっと雨が降ると普通の人間には使えなくなる道路、ということだ。

前途多難。

ペイスはバッツィエン子爵の報告を受けて、やらねばならないことの多さに溜息を隠せない。

「民生用としてはまだ課題が多そうですね」

「民間が使うには時期尚早と思う。しかし、我々が使う分には形になったと思っているが？」

「ふむ」

改めてじっと考え込むペイス。

「何か懸念する点でもあろうか？」

「懸念というほどのものではありませんが、ちょっと事前に備えておきたいこともあります。これは相談ですが、補給路に関して、道幅を今の三倍ほど取ることは可能ですか？」

「可能か不可能かで言うなら、可能だろうが……」

子爵は、ペイスが何か先を見据えて布石を打っていると感じた。

具体的に何を考えているかと言われても子爵には分からないが、言われたこと自体は容易い。道幅を広げるぐらいなら、何ほどのこともないだろう。

「可能というのなら、お願いします」

「そこまで幅員が広い道路というのは、かなり無駄に思えるが」

「……いずれ、無駄でなくなるかもしれません」

「やれと言われれば、請け負うまで。既に、補給路の強化も八割方進んでいる。卿のおっしゃるとおり、更にしっかりとした補給体制ができれば、拠点の防備もより一層手厚くなるだろう」

補給の大事さは、子爵も理解している。

指揮官の仕事は敵に突っ込んで暴れることではなく、部下が暴れられるように場を整えてやること。補給線の確保を最優先として整備したバッツィエン子爵の考え方は、ペイスも頷けるものだ。

「では補給路の強化が進んでいる現状を踏まえて聞きます。拠点からザースデンまでの強化が順調であるなら、拠点から南は大凡問題ないと考えても？」

「そう思ってもらって構わない。そもそも森はモルテールン領の北。東西に広がる広大なものだ。我々の拠点など、点に過ぎないだろう。そこで躓くようなら、端から開拓など無理というもの。今から問題が頻発してもらっては困るな」

魔の森は、モルテールン領から見て北に広がる。

東から西まで広がる広大な森ではあるが、基本的な方角としては北。森の端に拠点を作れば、拠点から見てザースデンは南になる。

拠点とザースデンの間に補給線がしっかりと構築されるとすれば、拠点の南側はほぼほぼ安全地帯になったと考えてもいい。

バッツィエン子爵は、ペイスの質問に自信をもって首肯した。

何故か肩の筋肉を盛り上がらせながら。

「それはそうですね。では、実際に今後開拓を続けるとして、西、北、東。どの方角が楽だと思いますか？」

「ん？」

子爵は、ペイスの質問に意図的な誘導を感じた。

魔の森の開拓というのは、長期にわたる任務だろう。国軍を何時まで張りつけておくかは不明だが、今のところ一年は最低でも活動するつもりでいる。

モルテールン家が、じっくりと腰を据えて開発をしようと考えているのなら。開発するべき場所などと決めつけるものでもない。まだ始まったばかりなのだし、情報があまりにも少なすぎる。

現状はとりあえず手近なところから満遍なく開拓し、どこを重点的に開発するかなど、国軍が引き揚げてからゆっくりと考えればいいのだ。

使える戦力が多いうちに、できるだけ広範に開拓にツバぐらいはつけておくのが正道だろう。

筆記試験が始まったばかりで、何問目を重点的に解くかなど考えない。まずは全体像を把握するべきであり、その為に時間を使うべきなのだ。

子爵は、ペイスの意図が分からずに、常識論で答えを返す。

「それは、どの方角も同じだろう。魔の森の広大さからすれば、どの方角であっても危険性に変わりはないと思う」

「結構。では、北東に開拓を集中させるのに、問題はありますか？」

北東と言われて、子爵はしばらく思考を巡らせた。

その方角に何かあるというのだろうか。

「あるともいえるし、ないともいえる。先にも述べたが、未知というならどこを開拓しようが同じだし、危険性も同じだ」

まだ手をつけ始めたところである以上、何処が危険かなど分かるはずもない。

子爵の意見は正論であり、常識的だ。

「外縁部のみだとしたら？」

「……それは、外縁部のほうがいざという時に逃げやすかろう」

あえて言うなら、森の中央を突っ切ることは、森の外周をぐるっと回るよりも危険が高そう、というぐらいだ。

森のど真ん中で何か、例えば大龍のような災害に見舞われた場合。逃げるにしても逃げ切れるとは思えない。森の外縁部であれば、いざとなった時に森の外に逃げ出せる可能性は高まる。

かといって、何があるかも分かっていない魔の森の外縁だ。安全だなどとは口が裂けても言えない。

現に【発火】の魔法使いがおらず、ピー助もいない状態であったなら。蜂の化け物が大挙して押し寄せた時点で軍は全滅していたはず。

魔の森が、魔の森として恐れられるのはそれなりに理由があるのだ。

じっと考え込むペイスと、それを見つめるバッツィエン子爵。

「やはり、子爵の意見を聞いても、僕の現状認識と然程(さほど)違いはないですね」

「それは良かった」

「そこで改めて。今後は外縁部を東に進みましょう」

「ほう？」

先ほどの会話から、どういう考えをもってそう判断したのか。

「このまま北上するのは、やはり危険度が高すぎると思いました。また今後の拡張性を考えても、外縁をじっくり調べながらのほうが良いと判断します。そのうえで、将来を見越して東に進みましょう。西に進めば、その先のヴォルトゥザラ王国が要らぬ干渉をしてきかねません」

ペイスの判断は、子爵としても納得できるものだったらしい。

「なるほど、つまり森の奥ではなく、現状の拠点から北東に探索を進めたいと」

「はい」

お互いに共通認識ができたことで、話は分かりやすくなってきた。

今後は北東に進める。

国軍も、拠点を維持しつつ東をメインに偵察をしていくこととなる。

「異存はありませんね？」

「うむ、我々の司令官はモルテールン卿である。指揮には従うとも」

「ありがとうございます。精鋭たる国軍には大いに助けられております」

「うむ」

二人はお互いに握手をした。

ペイスの手が握りつぶされそうなほどの握力であったのは余談である。

「ところで、我々としてもひとつ頼みがあるのだが」

バッツィエン子爵は、フロントダブルバイセップスの格好でペイスに笑顔を向けた。

## 新人オリエンテーション

寄宿士官学校とは、何であるか。

神王国における最高学府であり、王家も出資する国立の教育機関。それが、この学校である。

この寄宿士官学校を卒業した者の進路は、大きく分けて四つ。

一つは、王家に仕える。いわゆる宮廷貴族になる道。現代ならば、官僚コースといったところだ。

そもそもこの学校は、王家が王家の為に王家の役に立つ人材を育成しようとしたのが発端。卒業生としても、学校を出て宮廷に入り、下働きを経験しつつ下積みをし、役職を貰う、というのは最上のエリートコースと認識している。

国のトップに直接仕えるということで、名誉と栄達が約束された出世コースだ。

貴族からの推薦があれば優秀な人間は誰でも受け入れる、という建前(たてまえ)を掲げる寄宿士官学校では、家を継ぐことのできない次男坊以下で、更には家の家格も低い人間はこのエリートコースを夢見る。

縁故が大部分を占める貴族社会では、学閥というものも馬鹿にできないのだ。

もう一つが、在野(ざいや)に出て独立すること。

現代からすれば教育水準の低い世界。士官学校で高等教育を受けたとなれば、相当な知的エリートとみなされる。

読み書き計算は完璧。新しく商売を始めたり、画期的な製品を作り上げるのに、教育的な下地というものがあるということだ。

何の伝手もなく、教育も受けていない人間が、いきなり行商人から始めて成り上がる。などという奇跡をあてにするよりは、何十倍も有利なスタートラインに立って商売を始められるだろう。

例えば卒業生の中には、在学中に軍で使われる衣類の改良を思いついたことで商売を始め、成功して財を成した者もいる。学校時代の伝手という後ろ盾や人脈もあり、なかなかに成功して大きな商会を経営していた。

或いは、寄宿士官学校での経験を活(い)かして傭兵となった卒業生もいる。頭も良いし貴族的なマナーも完璧で、更には用兵をしっかりと学んで腕っぷしもたつとなれば、学校時代の人脈とあわせてもそうそう失敗することもない。傭兵を雇うほうも、寄宿士官学校卒という肩書を持っている傭兵ならば何の不安もなく雇える。

剣一本で身を立てる。男というよりは〝漢(おとこ)〟の生き様であろう。

他には、実家から離れて写本業で身を立てた卒業生もいる。学校で多くの図書に触れた経験を活かし、自分で写本したものを売るということもしていた。コピー機もない社会では、まともな本を探すだけでも大変なのだ。この卒業生はひと財産を築き、立派に所帯も持っているという話だ。

更にもう一つ、自分が貴族家の当主となる者もいる。

寄宿士官学校は貴族の為の学校であり、学生には貴族家の跡継ぎも多い。時には、在学中に継承予定者が亡くなって、お鉢が回ってくることもあるだろう。

そもそも入学するのも難しい学校ではあるものの、それだけにここで得られる人脈や知己は財産になる。

卒業後、或いは在学中に爵位を継ぎ、貴族家を率いることになる者もいるのだ。

神王国においては貴族家の当主は騎士であることが求められる。

騎士としての正当な教育を受けた士官学校卒業生となれば、貴族家の当主となるのに不足はない。

封建的な常識が深く根づき、家も男子継承、長子継承が伝統となっている神王国であるが、より優秀な人間に継がせるケースがないわけでもない。

例えば長男がどうしようもないぼんくらや放蕩者(ほうとうもの)で、次男が寄宿士官学校卒で優秀ともなれば、余程保守的な当主でない限りは次男に爵位を譲る。伝統があるとはいえ家を潰してしまっては元も子もなくなるわけだし、寄宿士官学校は入学できた時点で優秀だと認められたようなものだ。しっかりと卒業できたなら、同じく優秀な、この国の国政を将来動かすであろう人間ともコネができているはず。どうしようもないぼんくらと、寄宿士官学校卒業生なら、どう考えても後者に継がせるほうがお家の繁栄に繋がる。

或いは、婿(むこ)養子に迎えるというケースもある。優秀な人材を確実に取り込もうと思えば、婚姻による取り込みというのが一番確実で間違いがない。娘しかいない貴族家であれば、できるだけ優秀な婿を取って、跡を継がせたいと思うだろう。寄宿士官学校卒という肩書は、現代で言えば東大や京大、或いはオックスフォード大学やＭＩＴ卒業といった肩書に近しい。箔をつけるというなら、これ以上の箔もなかなかない。

どうせ婿を取るならと、寄宿士官学校卒業生に拘る親も少なくない。

勿論、当人が入学前から嫡子であったりするケースもある。貴族の為の学校に、幼少期から徹底して教育を受けてきた跡継ぎが入学するなど、親としても誉れである。

寄宿士官学校の卒業生が、襲爵するケースが多いというのも頷けよう。

三つの卒業後の進路。

王宮勤め、独立独歩、爵位継承。どの道を選んだとしても、学校で学んだこと、学校で培った人脈は大きな財産となる。

真面目に学業と鍛錬に励んでいた卒業生ならば、きっとどの道を選んでもそれなりに成功するはず。

しかし、先の三つは進路としても数は限られる。

王家に仕える採用枠は大抵が縁故によって決められる狭き門であるし、商売を始めるとしても簡単にいくものでもない。傭兵などはいつ死ぬかも分からないし、貴族家当主になるというのも、そもそも生まれによって最初から決められていることが殆どだ。

多くの学生は、第四の道。

即ち、貴族に仕える道を選ぶ。

寄宿士官学校を卒業できた優秀な若者。これは、貴族としてもぜひとも部下に欲しい存在である。

特に領地貴族からすれば、代官の勤まる人材というのは喉から手が出るほど欲しいもの。村を増やすにしても、統治する人間がいなければうまく機能しないし、失敗すれば村ごと廃村になってしまう。優秀で、体系だった法知識や行政知識、或いは基礎的な農業知識を持っている人材など、引く手数多であろう。

大抵は入学の時点から特定の貴族から援助を受けて紐つきとなっているものであるが、卒業生の大半はこの道を選ぶことになるのだ。


「総員整列!!」

モルテールン領ザースデンの外れ。

だだっ広い広場のような場所に、若い女性の声が響く。

声を張り上げたのはビオレータ。愛称でビオと呼ばれる女性であり、彼女はモルテールン家の従士である。

モルテールン家が本格的に人員拡充に動き出したころの一期生でもあり、家中では中堅どころのポジションだ。一見すれば大人しそうにも見えるが、芯の強さはペイスのお墨付き。尚、既に子持ちの人妻である。

外見に騙され、もとい運命的に一目惚れした旦那が熱心に口説いて所帯を持ったと、一時期ゴシップのネタになったものだ。

譜代従士家出身のラミトや、目下魔の森で軍を率いる幹部教育中のバッチレー、内務として絶賛ハードワーク中のジョアンなどとは同期でもある。

何故彼女が広場で声を張り上げているかといえば、新人の教育の為。

それなりに長らくモルテールン家に仕えてきたということもあり、今年の新人教育担当の一人になったからだ。

新人たちに、基本的なことを教えるのが彼女の役目。

今年の新人も豊作で、寄宿士官学校の卒業生を含めて三十人が雇われた。ペイスが寄宿士官学校から目ぼしい人間を一本釣りしたため、上位席次の卒業生が十一人いる。新人のうち士官学校卒業生は計十八人だが、殆どが上位卒業ということだ。

これほどに大量に人材を確保するというのは大貴族でも難しいところであるが、そこはモルテールン家の麒麟児。寄宿士官学校でそれなりの地位に居ることを良いことにあの手この手で裏工作をして、優秀な人材を集めてきた。

一番〝穏当な手段〟だったものが、盛大に【転写】を使ってビラを作って撒いたことだというのだから、校長も頭を痛めたことだろう。

今ごろはストレスで、胃炎か脱毛に悩んでいるかもしれない。

「まずは自己紹介します。ビオレータといいます。先月まで産休を頂いておりましたが、今日から皆さんの教育を担当します」

産休、という言葉を聞いて、新人たちは首を傾げた。

そんな言葉を聞いたことがないものが殆どだったからだ。

「教官」

一人が、すっと手を挙げた
「産休とは何でしょう」

「モルテールン家の制度の一つです。当家では、子供を産み育てるにあたって長期間の休暇が貰えるのです」

ざわり、と騒めいた。

新人の中には、女性も含まれている。結婚や、或いは妊娠すれば仕事を辞めて家庭に入るのが当然とされる社会にあって、子供ができても働き続けられる制度というのは魅力的に思えたからだ。

「当家は、私を含めて女性の従士もおります。私が言うのも変ですけど、とても働きやすいですよ。勿論、女性だけでなく男性も働きやすいと評判です。有給休暇も貰えますすし」

労働基準法も男女雇用機会均等法もなく、セクハラという概念すら存在しない神王国ではあるが、モルテールン家には現代的な価値観を持った為政者が居る。

その為、モルテールン家は他家から見れば異常と言えるほどに女性に対しても手厚い待遇を用意していた。

産休や育休の制度だけでなく、子供のいる従士の時短勤務も認められている。勿論、男女問わず制度の利用は可能だ。

一日十四時間労働で休みが年で数日、などという労働状況がザラにある世界であるから、新人たちのざわつきは止まらない。

有給休暇というものの存在を、今日初めて知ったものばかりだ。給料を貰って休めるというのはどういうことかと、質問が止まらない。

幾つか質問に答えたところで、ビオはパンパンと手を叩いた。

「それまで。細かい質問事項は、これ以降は別途で聞きます。皆さんで話し合って、質問内容を取りまとめてください。えっと……そこの貴方、代表で取りまとめるように」

「はっ!!」

ビオが指名した青年は、実によく通る大声で返事をした。軍人向きな性質である。

指名されたことに対しても嬉しそうにしている。

嬉しそうにしているのも理由はハッキリとしていた。

新人のとりまとめということは、そのまま上手く代表ポジションを続けていけば、将来は幹部になる可能性が高い。手柄を上げるチャンスを貰った、と思えたのだ。

若者としては、張り切りもするだろう。

「では早速、オリエンテーションからいきましょう」

ビオは、新人たちを引き連れて領内の案内から始めた。

貯水池や放牧地、モロコシ畑や麦畑、町中の主要施設から、軍事施設まで。

おおよそ丸一日をかけ、ザースデンを含めて領内の目ぼしい施設は見て回る。

これから働く場所とあって、新人たちはみな興味深そうに見学していた。

一日の終わり。

日も暮れ、歩き疲れた新人たちが出始めたころ。

ようやくオリエンテーションも終わって、ビオが改めて新人を整列させた。

「以上で今日のオリエンテーションを終わります。全員、部屋に戻って自由にするように。今日の晩御飯は、皆で懇親のバーベキューですからね」

「やった!!」

若者たちが、大いに湧き上がる。

バーベキューの説明は既に受けているが、食べ盛りの若者たちの期待は大きい。

ましてや、学校では粗食に耐えてきたものも多いのだ。美味しい食事に対する欲求は半端ない。

「まあ先方の希望で、国軍の皆さんも急遽参加されますけど」

ビオレータがこっそり呟いた言葉を、聞き取れた新人は少なかった。

## ＢＢＱ

モルテールン領領都ザースデンにある領主館。

そこの庭先では、実に美味しそうな香りが漂っていた。

モルテールンで作られたという調理用のコンロが幾つも並び、炭火を熾した上に金網が敷かれている。

更にはその網の上に切り分けられた分厚い肉が焼かれ、今や遅しと腹に飛び込む準備をしていた。

じゅうじゅうじゅう。

時折肉から脂が滴り落ちては炭火に炙られ、食欲をそそる音と匂いを発生させている。

この香りだけでも、ご飯があればどんぶりを空に、冷えた酒のジョッキでもあればお代わり分まで飲み干せるに違いない。

「ペイス様、俺はもう我慢の限界っすよ。さっさと始めてくださいよ」

「ガラガンは上司として部下を見定めるのが役目でしょう。新人の歓迎会だというのに、一緒になって涎(よだれ)をたらしてどうします」

モルテールン家従士ガラガン。

モルテールン領の森や貯水池の管理が仕事の中堅株であり、ペイスの薫陶篤き若者である。

上司に対する遠慮斟酌(しんしゃく)などというものもどこかに置き忘れてきており、領主代行であるペイスに対しても忌憚(きたん)のない意見を口にする。そばかす顔を赤らめつつも、言うべき主張はしっかりと訴える。

つまり、腹減った、さっさと食わせろ、である。

本来ならば新人のお手本となるべき先輩がこのありさまなら、先が思いやられるとばかりにペイスが嘆息する。

「んなこと言っても、肉も魚も食い放題なんて、生まれて初めてで。ああ、良い匂いが……」

「やれやれ」

どうやら、我慢の限度を超えそうになっているのは、森林管理長だけではないらしい。

流石に年配の重役連中は平然としていたが、若い者たちは既に腹の虫が大合唱で輪唱している様子だった。一人がぐうと鳴らせば、隣でぐうぐうと。あちらこちらで早く食べたいとそわそわし始めていた。

火が通りにくいだろうと、野菜より先に肉を焼いたのは失敗だったかもしれないとペイスは考えたが、焼けた肉は生には戻らない。既に美味しそうに出来上がっている。

予定時間よりは少しばかり早いが、これはもう始めたほうが良い。

ペイスはそう判断し、庭先の一部に作られた段。急ごしらえの演説台に立つ。

「よし、待ってました!!」

期待も膨らんでいたのだろう。

皆が皆、希望に満ちたキラキラした目でペイスのほうを注目する。いや、食欲に濁った眼でギラギラと急かしている。

「総員、注目」

ペイスがひと声発する。

言われずとも、皆の目はペイスに集まっている。

中にはどの肉が美味そうかと、食い意地汚く肉の物色と品定めをしている者も居たが、悲しいかな、先輩格であったことから重役の〝大人〟たちにげんこつを食らっていた。

「本日より、我々に新しい仲間が増えました」

ペイスがスッと脇に目線をやると、緊張している若者たちの顔が並んでいた。

モルテールン家に雇われた新人従士たち三十余名。

実力主義を標榜(ひょうぼう)し、精鋭で鳴らしたモルテールン家の従士となる若者である。誰も彼もが一際優秀なものばかり。

若さゆえの無根拠な自信もあるだろう。無自覚な奢りや未熟さもあるだろう。しかし、今この時ばかりはそれらを指摘することもなく、領主代行が親睦を深める為に歓迎の辞を述べる。

「我々はまだ発展の途上にあり、人手が不足している状況にあります。守るべき伝統などというものもありませんし、一方で改善すべき問題点は多い。これからもどんどん人を増やしていかねばならないし、その為に人をえり好みする余裕もありません。新人は、全員が即戦力だと考えるように」

人手が増えるたびに仕事を増やしてきた元凶が、人手不足を訴える。

手が足りぬ現状、新しく入ってきた者であってもできる限り早期に戦力化せねばならない。その為には、少々の粗(あら)は目を瞑(つむ)れ。

ペイスの言葉は、既存の従士たちに向けてのメッセージである。

「新人はしばらく訓練と教育を行った上で、各部署に配属されることになるでしょう」

拡張に次ぐ拡張で慢性的に人手不足なモルテールン家であるから、優秀な新人はどの部署でも大歓迎だ。

先輩たちは手ぐすね引いて待ち構えている。

ニコロを筆頭とした財務部署は、計算のできる士官学校卒業生を十人ほど要求しているし、森林管理部門であるガラガンたちは、数年前に始めた植林地域が伐採可能になってきていることで人手を欲している。

砂漠に片足を突っ込んでいたモルテールン領で製材業を始めようというのだ。既存の林業先進地域との競業は避けられないし、分からないことや不安要素はたくさんある。競業の一つは林業で名高いリハジック領。新たにハースキヴィ家の領地になるかもしれないところだ。折衝の為に頻繁に行き来が必要だろう。人員増はこれまた十人ぐらいは欲しいと要望が出ている。

更には稼ぎ頭である精糖事業部門と製菓事業部門も人手が欲しいと切実に訴えていた。ここなどは領主代行肝煎りの成長産業であるし、新しい商品がどんどんできている部門。生産量が需要に全く追いついていないところであり、人手はあればあっただけモルテールン家の利益が増える。十人と言わず三十人全員が配属されても受け入れられると熱烈な要望が届いていた。

そして治安部門も深刻な人員不足。モルテールン領は人が流入し続けている領地であり、比例して治安の問題が起き続けている。移民問題が治安問題を誘発するのは何処でも変わらないが、日に日に増える問題に処理が追いつかない事態が懸念されている。人手を倍増させてほしいというのが、責任者の要望であり、人員は幾らでも受け入れるという話だ。

新人が三十人ほど。正直、足りないという意見が多い。

今の十倍の新人でも良いという意見もあったのだが、流石にそれだけの人数を士官学校から引き抜く訳にもいかなかったし、採用基準を落とせば従士の質の低下が起きる。

モルテールン家は精鋭主義であり、モルテールン家の家人である以上は一定以上の能力が必要なのだ。

モルテールン家の従士である、ということが一定の水準を担保するという信頼が維持できることで得られるメリットは大きい。内にあっては治安維持における威圧。外にあっては外交交渉における威嚇となる。

つまり、新たな三十人は貴重であり、かつ能力水準も高いことが確定しているので、どの部門でもウェルカムというわけだ。

「新人諸君、そう不安がることはありません。ここには去年、あなた方と全く同じ境遇であった先輩もいます。分からないことがあれば遠慮することなく聞くといいでしょう。後輩の質問を無視するような人間は居ませんし、居たら報告してください。僕が許しません」

新人が、周りを見回す。

自分たちと大して年は変わらない先輩たちであるが、それでも先達としての経験は大きい。

今の自分たちがぶつかるであろう問題を、既に先んじて経験している者たちだ。有用なアドバイスもしてもらえることだろう。

尚、一番頼もしい代わりに一番非常識なアドバイスをする人間は、今新人たちの前で演説を打っている。

「先輩諸君、ここに居るのは右も左も分からない新人です。どんな些細なことであっても、或いはどんなに当たり前のことであると思っても、丁寧に教えてあげてください。お互いに尊重し合う関係を目指してください」

質問しに行くと忙しいから後にしてと言われる。分からないことは聞けと言いつつ、聞けば聞いたでそれぐらいは自分で考えろと言われる。自分で考えてやれば、何で聞かないのかと怒られる。

こういった、よくある新人へのやりがちな誤指導について、ペイスは先輩たちにやってはいけないことと教えていた。

忙しかったとしても、まず質問内容を全部聞き、もしも質問内容が分からないようなら上に投げるようにとの具体的な指示も出している。

指導の仕方を指導するというのは、ペイスが寄宿士官学校で教導役になった時から経験済みだ。

その後も、ペイスの訓示は続くものの、だんだんと皆の目がペイスから逸れ始める。

逸れる先は勿論美味しそうな、そしてそろそろ焦げ始めているのではないかと不安になる具材。

「そろそろ、お腹もすいたことでしょう」

待ちに待った言葉。

ペイスの言葉に、そうだそうだとヤジが飛ぶ。

さっさと食わせろと野太い声が聞こえたが、声だけでもお調子者のトバイアムであると分かる。

ジロッとそちらのほうをペイスが一瞥(いちべつ)したところで、会場がすっと引き締まった。

「全員、飲み物は持ちましたね？」

新人たちも含めて、皆にカップが行きわたる。

中に入っているのは、モルテールン産のモロコシ酒か、豆茶のどちらかだ。

ペイスの中身はお茶で、重役連中は全員お酒である。いわずもがな。

「それでは、我々の新しい仲間を歓迎して、乾ぱぁい」

「乾杯!!」

集まっている全員が、高らかにカップを掲げて乾杯と唱和した。

手近なところで杯を打ち合わせたところで、モルテールン家主催による新人歓迎会が始まる。

腹ペコの野獣たちが檻から解き放たれた。何十人もの若者が、それぞれに動き出す。

なかでも目立つのは、若者とは言い難い割に動きの素早いバッツィエン子爵。

現役の子爵にして国軍の大隊長。地位も高ければキャリアも豊富。更に誰よりも厳つい体。

子爵の傍には、なかなか新人は近寄りたがらないのだが、当の子爵は自分から積極的に若者に接して回る。

若い者の世話を焼くのは、隊長としての職務に就く人間の性(さが)のようなものだ。

「ほら、若者が遠慮するな。どんどん食うのだ。肉を食え、肉を!!」

「は、恐縮です」

「わははは」

目についた新人に皿を持たせ、焼けているか怪しい肉を含めて山盛りにしてやる。

たくさん食って、たくさん鍛え、たくさん寝て、たくさん働けと、笑いながら話す子爵。

説教臭くなるのは年配者の性質なのだろう。

「バッツィエン子爵。新人が委縮しておりますよ」

「ん? ただ肉を食えと言っただけだが……」

恐縮頻(しき)りの新人たちを見かねて、ペイスが割って入る。

「普通は、国軍の大隊長と差し向かいで飲食を共にする機会などありませんから」

「そうか。ではモルテールン卿は付き合ってくれるか」

「ええ、構いませんとも。では僕から一献(いっこん)」

「おっとと、ずず」

ペイスは手ずから子爵に酒を注ぐ。それも遠慮なくなみなみと注ぐものだから、コップから酒が滴り落ちる勢い。

子爵は、溢れそうになった酒を啜る。

「うむ、美味い」

「それは良かった。当家自慢の酒ですから」

「ほほう、これはモルテールン産の酒なのか。それは良い」

美味い酒に、美味い飯。

そして一緒に騒げる仲間がいるとなれば、バーベキューは盛り上がる。

新人の女の子を口説こうとしている先輩に、何故かシイツが交じっているのはご愛敬だ。奥さんにチクると言われて撃退されるところまでがワンセット。ワンセンテンスのお約束という奴だろう。

「シイツ!! 従士長の貴方が率先して風紀を乱してどうするんですか」

「俺ぁただ、分からねえことがあるならしっかりと教えてやると言っていただけでしょうが」

「奥さんを呼んできますよ? 一瞬で」

「坊!! そりゃ反則だ。ズルってもんでしょう」

「ぬはは、シイツ殿は恐妻家か。では恐妻家同士で飲もうではないか。こちらに来られよ」

「俺ぁまだこの後仕事なもんで。ああ、ちょっと向こうに行ってきます。なんだか騒がしいんで」

「シイツの逃げ足は相変わらず早いですね」

「はははは、結構結構。逃げ足も才能である」

子爵とペイスは、楽しそうな面々を見ながら飲み物で口を湿らせる。

「英気を養い、仲間と騒ぎ、楽しく過ごして士気を高める」

「……その後は？」

子爵の言葉に、何か含みを感じたペイスが、真意を尋ねる。

「モルテールン卿には隠し事は難しいな」

「では、やはり？」

子爵が目下取り組んでいることは、魔の森関連である。

それで悩み事があるというのなら、とペイスは子爵の悩みを大凡察した。

「うむ。少々厄介な相手を見つけたと、先ほど報告を受けた」

## 特別

ナータ商会。

創設して十年にも満たない新興の商会ではあるが、その規模はかなり大きい。

大きいといってもいろいろだが、規模の大きさにも大中小とある。

王家御用達（ごようたし）であったり、大貴族の直接運営或いは積極的後援や資金の直接提供があるトップクラスの商会を大とし、複数の領地に跨って手広く商いを行い、下手な貴族よりも財力と影響力を持つ商会を中とし、更に地場に根づいて隙間（ニッチ）な需要を相手にする商会を小とする場合。

ナータ商会は、大商会に手をかけた、中の上クラスの商会だろう。

十年もせずに商会を急拡大させたナータ商会の原動力は、何と言っても商会トップの実力と運。

特に、モルテールン家と縁が深かったことによる運の強さは、他の商会の人間は心の底から羨んでいる。例えるなら、宝くじで一等を当てた人間を見る目に近しい。

二十年以上にわたってコツコツと信頼を積み上げてきたお得意さんが、とんでもない勢いで急激に膨れ上がった余波が、ナータ商会の急拡大に繋がっている。

「会頭」

「なんだい、サーニャ」

会頭のデココを呼ぶのは、看板娘のサーニャ。

今は会頭の秘書的なポジションにいるサーニャは、生来の呑み込みの良さもあって今ではモルテールン領でも指折りの高給取りになっていた。

ナータ商会を支えてくれる美女を、デココはちらりと見ただけで続きを促す。

「ペイストリー様から、至急のご連絡ということです」

サーニャの報告にはさしものデココも、体がしゃっくりのように動いてしまった。びくっと動いたそのままの格好で、連絡の内容についてあれこれ考える。

「やれやれ。今日は一体なんだろうね」

ナータ商会会頭のデココは、モルテールン家とは深い付き合いがある。

モルテールン領が赤字を垂れ流していた貧乏領地の時からの付き合いであり、モルテールン領領主代行のペイスなどは生まれる前から知っている間柄。

お互いに遠慮斟酌のない、気の置けない関係性を今でも維持しており、デココがモルテールン家に厄介ごとを持ち込むこともあれば、その逆もある。

とりわけ、ペイスの無理難題に関しては一家言を持つ専門家。

見も知らない、聞いたこともないような調理器具の手配から、何処にあるのかも分からない果物などの植物の手配。果ては、他国の王様に直接取引を持ちかけてこいなどという要望まであった。

ナータ商会が大きくなったのは多分にペイスのお陰なのだが、同時に厄介ごとの多さも他の比でなく多い。

今日もまた、そんなペイスからの連絡だという。しかも、至急。

これに嫌な予感を覚えないようでは、危機感が足りなさすぎるだろう。

利益と迷惑の両方とも桁違いのものを持ち込んでくるクライアントには、警戒心の一つも湧いてくるというものだ。

「これが預かった手紙です」

「ありがとう」

渡された手紙の封を切り、さっと目を通す会頭。

どこかに落とし穴がないか、隅々まで二度三度と読みなおし、手紙から顔を上げる。

難しい、考え事をしたままの顔つきであり、サーニャは恐る恐る内容を尋ねた。

「ふむ」

「何が書いてあったんですか？」

「今後の物資の手配についてだね」

「……難しい手配ですか？」

会頭が考え込むようにして、悩ましげな雰囲気で読み終わった手紙だ。内容に関しては困難な要請であると考えるのは間違っていない。

そもそも、簡単なお使い程度でわざわざ領主代行が手紙を認めるはずがないのだ。あのペイスであれば、ちょっとした雑用ならば適当な人間に伝言を持たせて走らせるなり、自分がちょっと朝の日課のランニングのついでに寄って話をすればいい。

「難しいとは？」

「カカオを船一杯用意しろとか？」

「ははは、なるほど、それは難しい」

サーニャの予想する〝難しい手配〟に、さしものデココも笑いだす。

自分の部下が〝モルテールン家の難しい手配要請〟と考えて真っ先に思いつくのが、どう転んでもスイーツにしか繋がっていないことに対して、おかしさを感じたからだ。

どうやら、ペイスの無茶ぶりがお菓子と直結しているらしいことは、サーニャぐらいの立場の人間にすら周知の事実となっているらしい。

どうにも笑える話ではないか。

「でも、安心していいよ。今回の物資はありふれたものだ」

「ありふれたもの？」

「ごく普通の糧食。麦や塩なんかだね。それに馬車の手配に、建築資材。人手も集められるなら集めてほしいとある」

「はあ」

ペイスが要請した内容は、本当にありふれているものの手配だった。

糧食などというのは、保存性を重視した食料のことを指すわけだし、馬車の手配とて物資運搬の手段と考えればいちばん一般的だ。

建築資材と人手というのも、建築物を建てる時には当たり前に手配されるもの。

他にも細々と書かれてはいるものの、どれも手配するのに難しいというものはなかった。

「あれ？　でも至急って割に大したものではないんですね」

「そうだね。だからこそ厄介さ」

「え？」

ごく一般的な物資の手配。

ならば、大したことはなさそうだとサーニャは安堵した。ほっと胸をなでおろす。

難しい物資の手配となれば、急成長したが故に人材育成の追いついていないナータ商会ではデココが直接動くしかなく、デココが動くとなればその間ナータ商会のザースデン本店を預かるのはサーニャということになるのだから。

いくら頭が良いとはいってもサーニャは元々ただの村娘。今を時めく大商会の本店の留守番というのは、何度経験しても慣れない、緊張の連続なのだ。

留守番をしなくても良さそうならば、サーニャとしては御の字。

しかし、デココの顔は苦笑いのままだ。不思議そうにするサーニャ。

「わざわざうちに頼まなくとも手に入るであろうものを、できるだけ急いで集めろという御指示。この裏を読むべきなのさ」

「裏？」

「……そう。きっと、開拓を前倒しにするから、準備しておくように、という謎かけだと思う」

「へぇ、なるほど」

デココの読みは、少なくともモルテールン家に関わることで今まで外れたことはない。

ペイスがわざわざ至急として当たり前のものを手配するように言いつけたということは、これらの物資が実近で入用になるということ。

モルテールン家の内情に詳しいデココだから分かる。これは、魔の森での〝軍事行動〟に備えよという、モルテールン家からの実質的な命令であると。

他の商会ならば言われたとおりに糧食や資材を集めて終わりだろう。

しかし、デココは更にその裏、その先を読む。

どうやら、本格的に〝魔の森の入植〟を見越しているのではないか。そう判断した。

ならば、至急の軍需物資とは別に、近々入用になるだろう〝開拓に必要な資材物資〟も集め始めるべき。

世間の注目が集まっており、何かと注目される中での開拓物資の収集。これは、恐らく表にはまだ出せないはず。

秘密裏に準備を進めておけ。ペイスから、暗にそう言われているとデココは悟った。

「ここまで準備をさせるということは、開拓の規模も大きくなるんだろうな」

「じゃあ、稼ぎ時ですね」

「そのとおり。さあ、忙しくなりそうだ」

デココは、早速とばかりに陣頭指揮を取りに動くのだった。

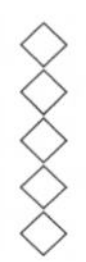

魔の森のモルテールン領軍並びに国軍部隊の駐屯拠点の中。

テントが幾つも立ち並ぶ一角からほど近い場所。

部下から知らせがあって確認しに来たペイスとバッツィエン子爵の眼前には、ぞっとする光景があった。

「あれがそうですか」

「うむ」

ペイスたちの目の前にあるのは、蜂である。

それも、数えるのが馬鹿らしいほどの大量の蜂。百や二百ではきかない、うじゃうじゃ、と表現するべき光景。虫嫌いの人間ならば卒倒しそうである。

「東西北のどの方向に進んでも危険性は同じ、でしたか？」

「うむ、そう言った覚えがある」

「……嘘はありませんね。意味は大分違いそうですけど」

見渡す限り、というのだろうか。

崖の上に作られた防御施設から見渡してみれば、ぎっしりと蜂が飛んでいる。

ザースデンのある南以外は、まさに蜂に包囲されている状況だ。

南側とて崖である。逃げ道というのは怪しい限り。撤退するとなれば、恐らくは少なからぬ被害が出そうである。

「バッチレーたちでは手に余りますか？」

「実は、卿が来る前にひと当たりさせてみて、無理だと判明した」

「ほう」

国軍は精鋭揃い。

蜂の数が多かろうと、怯えるようなことはない。しかし、無為無策に吶喊（とっかん）すれば戦いに勝てるわけでもない。

敵の戦力がどの程度のものか、試しにつついてみた。

その結果、神王国でもトップクラスの武者であるはずの隊員が、かなりの被害を受けて撤退の憂き目に遭った。

「負傷者は拠点で療養中だが、あれを何とかしないことには、おちおち拠点でゆっくりもできん」

「分かりました」

空を飛ぶ巨大蜂の集団となると、城壁もあまり意味がない。地を這う獣にならば壁や堀も有効であろうが、空飛ぶ魔物にはせいぜいが嫌がらせの障害物程度の意味しかない。

拠点に引きこもって対処できるものならそれも一策ではあるが、流石に蜂相手にはそうはいかないようだ。

魔の森の、それもまだまだ浅い部分でこれである。今まで多くの人間が開拓を試みて、失敗してきたはずである。

「襲ってくるかと思いましたが、そうでもなさそうですね」

「うむ。どうやら彼奴(きやつ)らは、こちらを相当に警戒している」

「ほう」

ひと当てして散々に負けて撤退したのだ。普通の敵であれば、そのまま勢い込んで襲ってきそうなものである。

勿論そうなれば被害は甚大、拠点を放棄して撤退となっていただろうが、現実はそうはなっていない。

不思議なことである。

「これは推測だが、彼奴らは自分たちの危険を伝える〝特別な方法〟を持っているのではないかな?」

「特別な方法?」

「うむ、モルテールン卿は心当たりがおありか?」

「ないこともないですね。あれらが僕の知る蜂と類似の生物であるなら、ですが」

バッツィエン子爵は自身の経験と観察した結果から、何がしか特別な〝警戒〟を伝える方法があるのだろうと推察した。

ペイスはそれを聞き、幾つかの可能性を思い浮かべる。

例えば蟻は、フェロモンのような臭いで仲間に対してメッセージを伝えるという。餌の場所であったり、危険が迫っていることであったり。

蟻が行列を作るのはこのフェロモンの働きによるものだ。

また、蜂が特殊なダンスで情報を伝達することも知っている。魔物蜂までそうかは分からないが、危険性や餌の場所の情報を仲間に伝えることは、群れの生存確率を上昇させるもの。進化の方向性としては実に真っ当。何か手段を持っていると考えるほうが自然だ。

魔物がこの世界ならではの進化を遂げたというのであれば、魔法的な伝達手段を持っているかもしれない。

王家が魔法で情報伝達することがあるというのは、ペイスもヴォルトゥザラ王国に出向いた際に王子から知らされている。人間が情報伝達に魔法を使うのだ。蜂が似たような魔法を使えたとしてもおかしくはない。驚きはあっても、否定するほどには不自然ではないのだ。

情報伝達を蜂同士で行っている。なるほど、十分に考えられる話だと、ペイスは頷いた。

「ならば、あれらが警戒するのは……」

ペイスがそっとつぶやいた時。

「きゅい」

自分の出番だと、ペイスのペットが顔を出した。

## 本領発揮

熱波の残滓が肌をチリチリと焼く。

「これは流石と言おうか」

バッツィエン子爵の目の前には、死屍累々たる惨状が広がっていた。

勿論、ペイスとペットとゆかいな仲間たちが暴れまくった結果である。

ペイスやピー助が散々に蜂を倒し、刮目すべきはバッチレーも〝魔法〟で蜂から隊員を守っていたこと。

驚くばかりの子爵ではあったが、モルテールン領に来て以来、驚くことに慣れてきてしまったのは悲しい話だ。

常識という言葉が自分の中からすたこらさっさと逃げ出してしまい、代わりに居座っているのが非常識の権化である。

モルテールンの非常識に染まっていっていることは、進歩なのかどうなのか。

今までとは違った方向に進んでいることは間違いないが、それが前に進んでいるかどうかは怪しい。明後日（あさって）の方向に進んでいる気がしてならないのだ。

「モルテールン家の従士の活躍も素晴らしい」

「ありがとうございます」

褒められたのは、モルテールン家の兵士を指揮していたバッチだ。

若手としていつも先輩に厳しい指導を受ける身。精鋭主義のモルテールン家は、先輩たちも皆が皆厳しい特訓や苦しい現場を乗り越えてきた有能揃い。

どうしても若手としては引け目も感じるのだが、外部の人間、それも経験豊富な国軍の偉い人に褒められれば、嬉しいものだ。

どうしても照れてしまう。

「バッチ、ぼさっとしない。まだ敵はいますよ。集中してください」

「は、はい」

ペイスには後ろにも目があるらしい。

どういう視野の広さなのか、自身も戦いながらバッチを叱咤する。

戦場で気を抜くなど言語道断であると、もしも先輩たちが居たら叱られていたかもしれない。

改めて気合を入れなおすバッチ。目の前には敵また敵。

蜂の数は、雲霞の如く。

倒しても倒しても湧いてくる魔物に、モルテールン家の精鋭たちも息が上がってきている。

平気な顔をしているのは、ペイスとそのペットぐらいなものだろう。

「第三班、北東より東寄り。連続三射いきます。慌てずによく狙って。ペイス様と大龍には当てないように」

「はい」

「狙え。撃て!!」

バッチレーの号令一下。

吹きあがったのは炎の放射である。

一つの班は班長一名と班員六名。それが全員【発火】の魔法を使ったのだ。

全員が同じ魔法を使って足並みを揃える。チームで魔法を使うという意味は大きく、相乗効果によって単なる足し算よりも数倍する威力が出ていた。

ひと言でいうなら異常。

そもそも魔法は個人技能の色合いが極めて強く、同じ魔法を別の人間が使えるということ自体珍しい。だからこそペイスの【転写】の本当の能力はモルテールン家の最高機密になっている訳だが、目の前の光景は既存の常識では理解不能である。

魔法の一斉斉射。

世界の魔法事情が根こそぎひっくり返りそうなことではあるが、【発火】の魔法ならばまだギリギリ納得もできた。

魔法の中でも比較的発現しやすく、同時代に幾人も【発火】が使えたというのは珍しくないからだ。魔法の運用として【発火】の魔法使いを二人や三人用意して、息を合わせて魔法を行使させる、という運用は過去にも例がある。

しかし、ペイスの非常識は更に上を行く。

一つの班どころか、従士全員が魔法を使う。同じ魔法を、息を合わせて。その上で〝別の魔法〟も同時に運用する。

多くの軍人、魔法使い、研究者が、できるとすれば効果的と論じていた机上の空論。それが、現実になっているのだ。

「三班、下がって。第四班。同じく北東から東に向けて。狙いは良いです。撃て!!」

「はい!!」

次なる号令の元、同じように、いや、それ以上の炎の柱が吹きあがった。

火災旋風とも呼べる炎の竜巻が、地面を舐めるようにして灼熱の地獄を生み出す。

第四班と呼ばれたものが使ったのは、風を操る魔法。

そう、〝蜂の魔物〟が使っているはずの魔法である。

教会の記録でも、この魔法を使える魔法使いの存在は現時点で〝未確認〟のはずなのだが、実に不思議なことに、ここには集団で存在する。

バッツィエン子爵などは既に理解を放り投げて、そういうものなのだろうとあるがままを納得していた。

賢明というべきなのだろうか、或いは思考放棄というべきなのだろうか。

領軍の従士部隊第四班全員が全員、飴を舐めつつ魔法を放つ。

第三班の【発火】とあわせて、とんでもない爆炎が蜂を片っ端から焼き上げる。

一足す一は二じゃない。二百だ。

天を焦がさんばかりの猛火によって、蜂の魔物とは戦いというよりも駆除(くじょ)に見える。

「ペイス様、やっと親玉が見えました」

バッチが喜色を込めて報告する。

蜂の群れ、蜂の霧とも言うべきものの隙間から、終わりが見え始めたのだ。

「ようやくですか。待ちかねました」

「きゅいい!!」

何千という数の蜂をこんがりグリルに処したところで、ロースト蜂の奥から一層低い羽音が響き渡る。

蜂の親玉ともいうべき、女王バチの登場である。禍々(まがまが)しいほどの警戒色を身に纏い、人の背丈以上にある羽をばたつかせ、人間の腕のような太さの針が見え隠れするという邪悪さ。凶悪さ。醜悪さ。

普通、女王バチというのは産卵を始めると飛ばなくなるものなのだが、魔物というのは生態も異常なのだろう。

どの蜂よりも巨大で、ちょっとした家屋敷ぐらいはありそうな大きさのボス。しかも、肌に刺さるような強大な魔力を帯びている。

ボスの周りが小さな竜巻になっているようで、火花が吸い込まれるようにしては消えていく。

「……想定どおりですね」

ペイスたちは、以前にも同じく蜂の魔物を相手にし、その経験から今回も群れのボスが居ることを確信していた。そして、雑兵（ぞうひょう）をことごとく駆逐していけば、いずれは親玉が顔を出すであろうことも。過去の経験が活きているというもの。

ボスが出るのが、遅かったぐらいだ。待ちに待ったというべきなのだろう。

「バッチ、緊張する必要はありません」

領軍を預かって指揮している若者が、ガチガチに緊張していた。

それも当然だろう。ペイスの配った魔法の餌によって、簡単に片づいたように思える蜂であるが、普通の人間であれば一匹相手でも勝てない相手。

狼や熊並みに恐ろしい肉食の魔物の、更に何倍何十倍も強いであろうボスに対して、自分が兵を指揮して戦わねばならない。

自分が指揮を間違えた時には、自分たちがそっくり餌になりかねないのだ。強張るなといっても無理がある。

ペイスは、バッチを落ち着かせようと声をかけた。

「大丈夫ですよ。普通の蜂はちゃんと対処できたでしょう？　あれも同じようにやれば良いのです」

「しかし、あの蜂は……魔法を使うのでしょう？」

「そうでしょうね」

「そうでしょうねって!!」

魔法とは、人知を超えた超常の能力。

神王国人のみならず、この世界の人間ならば誰しもが知り、誰しもが憧れ、そして誰しもが恐れる能力だ。

人には不可能な現象を起こし、時には一人の魔法使いが、どれほど一方的な戦場であってもひっくり返す。

劣勢を優勢に、敗勢を勝勢に、そして敗北を勝利に塗り替える。それが魔法というものの理不尽さ、頼もしさだ。

神王国人は、魔法の凄さを誰しも子供の時から聞かされて育つ。味方の魔法使いが、強大な敵をばったばったとなぎ倒す英雄譚。

どんな時でも諦めず、形勢を必ず勝ちに導くヒーローストーリーだ。

魔法使いは勝利の代名詞。

だからこそ軍人は魔法使いが敵に回ることを恐れる。

敵に魔法があることでどれほど手強いかを、自然と皆が理解しているからだ。

蜂が魔法を使うというのなら、油断や楽観などできようはずもない。

「心配いりませんよ。今は皆も〝魔法使い〟です」

「そうですが……」

今は、何故か従士たちも魔法が使える。

不思議な飴の効果で、突然レベルアップでもしたのだろう。

しかし、使えるといっても〝自分の魔法〟ではない。どこまで行っても他人の力。他人の魔法である。

バッチの不安が拭えないのは、経験不足と場数が不足しているからだろうか。

「それに、こっちには秘密兵器がありますからね」

「あっ!!」

ペイスは、そっと〝秘密兵器〟を撫で、そのまま空に向けて放つ。

横で見ていたバッチは、やっと不安から解き放たれる。これこそ理不尽な絶対勝利の保証書である。

「きゅいいぃぃぃ!!」

放たれた秘密兵器ことピー助は、とても美味しそうな御馳走に向けて、嬉々として突撃していく。

魔力を主たる餌とする大龍にとってみれば、強大な魔力を帯びている魔物などは鴨がネギを背負っているようにしか見えないのだろう。丁度いい〝おやつ〟があることに、ご機嫌ウキウキな大龍。

女王バチやその取り巻きも懸命に魔法や牙や針で応戦しているのだが、大龍の鱗はどうにも貫けないらしく、一匹、また一匹と地面に落とされていく。

腐っても鯛、赤ん坊でも大龍である。鱗の硬さは折り紙付きであり、蜂にとってみれば生まれつきの天敵としか言いようがない。

食べ放題のビュッフェに狂喜乱舞するピー助。

「お？　あれって魔法を食べてるんですか？」

「正確には、魔法の元になる魔力を食べているということでしょうね。結果として、蜂の風を操る魔法が無力化されている」

「凄いですね。……あ、蜂が落ちましたよ」

「これはもう決まりですね」


女王バチ、落つ。

魔法を出す前に魔力をパクリパクリと食べられてしまえば、強力な魔法も撃つことはない。ピー助は、女王バチが地面に落ちたところで止めを刺した。大龍にかかれば、あっけないものだ。

「バッチ。仕事ですよ。後片づけです」

「うわぁ、これどうせならピー助に食べてもらえませんかね？」

勝負がついたところで、後始末が始まる。

地面を埋め尽くす魔物の死骸を集め、そして〝戦利品〟を回収せねばならない。

バッチは隊員たちを一生懸命指揮して、穴を掘ってそこに蜂の死骸を放り込んでいく。あとで油をかけて焼くためだ。

「モルテールン卿、勝利であるな」

バッツィエン子爵が、蜂との戦いが終わったことでペイスの元に戻ってくる。

何故か満面の笑みを受けながら、サイドチェストをしつつ。

「それで、この後はどうされるのか?」

蜂の後片づけが済んだ後の指示を聞く。

散々に暴れたことで、焼けた森はぽっかりと開いていたからだ。

これをそのままにしておくよりは、手をつけておけば後々拠点の拡張もしやすい。かといって、他に蜂もいるかもしれず。森の監督は怠れない。

何にどう対応し、どこにより多くのリソースを割くのか。

バッツィエン子爵が質問するのも当たり前である。

質問されたペイスは、焼けてただだっ広い土地が確保できたのを見ながら、言う。

「開拓ですね。そして……」

「そして?」

ぐっと手を握りしめるペイス。

「お菓子作りです!!」

ビバ、スイーツ。

ペイスの本領発揮の時間である。

# マシュマロ

ウキウキそわそわ。

常日頃から騒々しい次期領主が、いつにもまして浮ついている。

仕事の都合で屋敷に詰めていた従士のガラガンが、ダンスでも踊り出しそうなほどに陽気な次期領主を見咎め、何事かと尋ねる。

どうせお菓子のことだろうという気持ちを言外に含ませつつ。

「最上級の蜂蜜（シロップ）が手に入りました。これから早速いろいろと作ってみようと思いまして」

そして案の定、お菓子だった。

ガラガンは、納得というよりも呆れの感情を態度に滲ませる。

魔物とも呼ぶべき異常な生物の巣。

探索の結果、巨大な巣と共に見つかったのが蜂蜜である。

以前に採取した時にも判明しているが、魔物の蜂蜜は非常に美味しい。それこそ、ペイスの経験上でもトップに君臨する美味さだ。

過去、安い人造蜂蜜から最高級の特選蜂蜜まで、全て食べ比べて吟味した記憶からしても、それらの上を行くと断言できる。

現代でもお目にかかれない至高の逸品を手に入れたとあっては、ペイスが浮かれるのも無理はない。

ガラガンは、るんるんらるーとバレエダンスと社交ダンスと盆踊りを混ぜたような奇行をしている変質者に、気の抜けた返事を返す。

「へえ、凄いっすね。あ、これが例の蜂蜜っすね？」

甘い匂いのするツボを手に持ち、くるくるとペイスが回り出したあたりで、いい加減にガラガンも次期領主の奇行を無視することにしたらしい。

「ひとつ、ふたつ……五つか」

森林管理長として、蜂蜜の生産もガラガンの仕事である。

流石に魔の森産の蜂蜜とまではいかずとも、美味しい蜂蜜を作ろうと日々努力している最中。

蜂蜜には詳しいと自負するガラガンが、壺を物色し始める。

普通に作ったモルテールン産のアカシア蜂蜜とは、香りからして違う。

「ここにあるのは一部ですよ」

「これ以外にも見つかってるんですか？」

「勿論」

ペイスが取り急ぎ持ち帰ったのは、両手で抱えて運ぶような大きめの瓶に詰めた蜂蜜を五瓶ほど。

小瓶に取り分けて、今はダンスパートナーになっているものは別にしてだ。

お菓子に目がないペイスが、何をおいてもまずは蜂蜜と言って確保したものだ。

掃いて捨てるほどいた蜂の、それも巨大な蜂の巣からの採取である。五瓶だけでもなかなかの量があるのだが、全体からすれば一割程度だろうか。

更に言えば、恐らく同様の蜂蜜は魔の森で今後も採取可能だろうと思われる。お菓子に関しては無駄に勘の鋭いペイスは、今回討伐した蜂の群れが、かなりの確率で〝より大きな群れ〟からの分蜂だと考えたのだ。魔の森のかなり浅い部分に居たこともそうであるし、以前にモルテールンの山で見つかった蜂の生態調査から推測した結果でもあるのだが、まず間違いないだろう。

前にモルテールン領に出没した魔物蜂が、今回討伐した群れと関係があるのは明らか。規模の大きさの違いから考えても、或いは魔の森から出てきてしまったことから考えても、過去に討伐したほうが若い蜂。巣別れとして新天地を求めて旅立った側のはず。魔の森の外縁から直線で距離を引いたとしても、遭遇した場所までは大分距離があった。

つまり、行動範囲として、巣別れをした蜂はかなりの距離を移動することになる。

蜂の生息範囲は、二つの巣からの計算でも広大なものだと推測できるはず。仮に外縁部だけが蜂の生息域だと仮定したとしても、今回殲滅(せんめつ)した巣だけであると考えることのほうが確率的にも不自然だろう。

つまり、蜂蜜を総取りしても問題なし。ないったらない。

後片づけもほったらかし、ピー助が新鮮な蜂をむしゃむしゃと食い荒らすのも好きにやらせて、真っ先に収集したのがこの蜂蜜なのだから、ペイスにとっての優先順位がよくわかる。

一にお菓子、二にお菓子、三四を飛ばして五にお菓子。ペイスの優先順位は何時だってブレることなく真っすぐだ。

「他にも、蜜蝋がたっぷりとれそうですよ」

「へえ、そりゃ良いっすね」

「そうですね。問題もありましたが」

「問題？」

ハチの巣からは、蜂蜜以外にも蠟燭の原料となる蜜蝋が採れた。軍の指揮を預けているバッチレーなどがサンプルを採取したが、報告自体は速報として受け取っていた。

蜜と違ってハチの巣を壊さねば採取できないし、不純物の分離もひと手間かかることから採取は蜂蜜の後回しとされたもの。

蜜蝋は、獣脂の蝋燭と違って臭いが少ない。ほのかな甘い香りもする為、普段使いするならば断然に蜜蝋の蝋燭が使いやすい。つまりは、需要が高い。

また、養蜂で採れる蜜蝋というのも大量生産には向かず、獣脂蝋燭などと違って数が少なめだ。供給が少ない割に需要が高い。つまり、高く売れる高級品ということ。

ただでさえ需要に追いついていない高級品の、それも消耗品が手に入ったというのだ。そのまま売るだけでも儲かるのではないか。

一見すると、お宝が見つかりましたというだけで良さそうな話である。冒険の末にお宝ゲット。物語ならとてもシンプルな筋書きだろう。

一体どこに問題があるというのか。問題というのは何か、ガラガンは首をかしげる。

「質が良すぎたんですよ」

「はい？」

ペイスの発言に、思わず素の驚きが出たガラガン。

いや、驚きというよりは、質のいい蜜蝋の何が問題なんだという疑問だろうか。

「蜂蜜と同じで。いや、それ以上に蝋の質が良すぎたんです」

「それのどこが問題なんです？」

「……下手に売りに出すと、争奪戦になりかねません」

先のとおり、蜜蝋とは元々高級品である。

特に臭いが染みつくことを嫌う教会などでは蜜蝋の需要も高く、基本的に専売制。作ったものはそのまま既得権益者に配分される仕組みが出来上がっている。

一般庶民がさあ買いたいと思ったところで、そもそもまともに売ってくれるところがないというほどの管理に置かれている商品だ。

特に王宮で臨時にパーティーなどがあろうものなら、高級な蝋燭はごっそり買い占められる。足りない蜜蝋は、より一層品薄になるという現状。

ここに、既存の蜜蝋燭よりも遥かに良い香りがして、火持ちがよく、明るく、煤の少ない蜜蝋燭が出回ればどうなるか。

それはもう、欲しがる人間が目の色を変えて取り合うだろう。

欲しがっている人間、最終需要者が教会や王族、貴族といった権力者でもあることから、取り合いは最悪の場合刃傷沙汰、もっと酷くすれば武力衝突まであり得る。

そんな馬鹿なと考える人間は、貴族社会では生きていけない。そんなまさか、ということも想定しておいて備えるのが賢い人間のやること。

「厄介なことですね」

「揉め事の種は、いつの世も尽きませんよ」

蜜蝋に関しては、とりあえずモルテールンでの自家消費となることが決定している。

ペイスがそう決めた。

下手に流通に乗せてしまうと、それだけ混乱を生むと判断したからだ。

例外として、魔の森の開拓に協力している第三大隊の面々にはそれぞれ一部を褒賞として渡すことになっている。

金銭的な価値はつけられないだろうが、誰がどう見ても貴重品かつ高級品だ。蜂討伐で手柄を挙げた人間は、予想外のご褒美に士気をあげている。

きっとこれからも開拓には積極的な協力をしてくれるだろうと、ペイスの打算が走っていた。

「それで、この蜂蜜。一体何をするつもりです？」

「折角ですので、マシュマロに挑戦したいと思います」

蜜蝋の問題は、とりあえず棚上げ。

今のペイスの重大事案は、蜂蜜を使ったスイーツを作ること。

折角美味しい蜂蜜があるのだからと、ペイスはこれを使ってギモーヴを作ろうとしている。

ギモーヴ、つまりはマシュマロのことだ。厳密に区別すれば別物とすることもあるのだが、作り方や材料に手を加えることで、その差は限りなくゼロになる。語源も同じであり、同じものとすることも多いのだ。

マシュマロとは、言わずと知れた有名スイーツの一つ。ホワイトデーのお返しであったり、或いはお菓子の材料として二次使用したりと、実に便利なスイーツ。

「じゃあ、僕は調理室に行きますね。そこの蜂蜜は、三番の倉庫に持って行くように。つまみ食いは駄目ですからね」

「え？　ちょっとペイス様？　え？　俺が運ぶんですか？　この量を？」

「蜂蜜の管理は森林管理長の職分でしょう。頼みましたからね」

急に仕事を振られて戸惑うガラガンを尻目に、ペイスは厨房でマシュマロを作り始める。

まず最初にするのは材料の用意。

モルテールン産の砂糖、毎朝採れたての卵から卵白を取り出し、水、ペイスが作った特製ゼラチン、そして水飴代わりに蜂蜜。

一番シンプルなプレーンなマシュマロを作って、後はいろいろとアレンジするためにヨーグルトや果物も用意しておく。果実は汁(ジュース)を使いたいのだが、今絞ってしまうと酸化して悪くなってしまう。プレーンなマシュマロが満足いく出来になったところで果汁を用意するべきだろう。

用意する道具としては伝熱性のいい金属製のバットと切り分け用の包丁。これは形を一口大にするのに使う。よくイメージされる円柱形のマシュマロは大量生産の機械生産のもの。ところてんやチューブ歯磨きのように、口金からにゅっと押し出して棒状にして切るもの。今回は一口大にすればいいだけなので、大掛かりな機械は要らない。

そして鍋と、材料を混ぜるボウル。濡れたタオルも用意しておく。

「ふふふん、ふふふん、るるららるるる～」

鼻歌を歌いながら、ペイスはマシュマロづくりをする。

最初にやるのは、調理台のコンロに火を熾すことだ。薪や炭で料理をするだけに、火加減の調整は経験と勘が物を言う。

慣れた手つきで火を熾すと、お湯をついでに沸かしておく。お菓子作りは意外とお湯を使うことも多いのだ。

その間、他のコンロ口でシロップの用意だ。

軽く蜂蜜と水、そして砂糖を鍋に入れ、とろ火で熱していく。よく溶けるように、じっくりと丁寧に。ここで焦げ臭さをつけてしまうと、出来上がりまで焦げ臭くなるのだから慎重に。

とろ火で砂糖と蜂蜜を混ぜている間に、ゼラチンは湯煎（ゆせん）しておく。柔らかくなる程度で十分だが、できればとろとろと液体状になっていることが望ましい。

更に、同時に卵白をボウルで泡立てておく。

これが大変な作業ではあるのだが、鍛えられたペイスは特製の泡立て器でシャカシャカと泡立てる。鼻歌も止まらないのだから、苦にもならないらしい。

砂糖と卵白を混ぜながら泡立て、メレンゲ状にしていく。この泡のきめ細やかさが、出来上がりの食感にも繋がる。

温度計もないのでペイスの経験と勘頼りだが、適温になったところで火から外して濡れ布巾の上に鍋ごと置く。

ざっと粗熱を取ったところで、メレンゲとシロップを混ぜていくわけだが、これが難しい。メレンゲの泡を潰さないように、手早く、それでいてしっかり混ぜる。

ゼラチンも混ぜれば、あと少し。この時、バニラエッセンスでも混ぜれば香りも甘くて美味しそうな香りになるのだが、今回は蜂蜜を使っているため不要と判断した。

金属製のバットに混ざったものを流し込み、平らにならし、氷を使って冷やす。

よく冷えたところでバットから取り出し、賽(さい)の目状に切り分ければ、ペイス謹製のマシュマロの完成。

「出来ました!!」

出来上がったマシュマロは、ふわふわとしてとても可愛らしいものだった。

## 女子会での提案

ペイスとリコリスの若夫婦。

二人は、自然と同じようにお茶に口をつけた。

「こうしてリコとゆっくりするのも久しぶりですね」

「そうですね」

モルテールン家主催のお茶会。

参加者は、モルテールン家の女性陣たち。

モルテールン家の肝っ玉母さんことアニエスは王都に居る為不在だが、リコリスを筆頭に家中の女性が集まって華やかな場を作っている。

ビオレータやコローナといった、先輩格の従士も座ってお茶を楽しんでいるのは、今回のお茶会の目的が新人たちとの親交を深める為だからだ。

「皆も、今日はゆっくりとお茶とお菓子を楽しんでください」

「はい」

リコリスとペイスの呼びかけに、参加者からは気楽な返事が返ってくる。

女性の、女性(リコリス)による、女性の為の懇親会。それが今日のお茶会の目的なのだが、ペイスだけはオブザーバー参加。仕事（と趣味）が忙しく、あまり普段はゆっくりと時間を取れないペイスと、たまにはゆっくり過ごしたいというリコリスの要望に、ペイスが応えた為のイレギュラー参加だ。

ペイス以外は、全て女性である。男性従士の中には、ペイスを心底から羨んだ者も居たりするのだが、当のペイスは女性ばかりの中で脇役に徹している。

今日の主役は、新人の女性従士たちだ。

そもそも女性の従士というのは数が少ない。

有事となれば第一線で戦うかもしれないのが従士である。戦いで命を懸ける戦士の仕事となると、どうしても男女比率は男性優位になりがちだ。生物学的な体格や筋力の違いもあるし、子供の死亡率の高い社会では、より多くの子供を産むことが女性に求められているという社会的事情もあるだろう。

しかし、モルテールン家では女性も積極的に採用している。

これは、ペイスが現代的な感覚を持ち合わせているという事情も勿論あるのだが、モルテールン家の持つ特殊事情も影響していた。

まず、モルテールン家は元々領主家に女性比率が高い家であったこと。嫁いでいった娘たちがモルテールン家に出戻ってくる、或いは実家に長期滞在するということも十分にあり得る。

女性の身の回りの世話は侍女として雇った領民でも構わないだろうが、すぐそばで護衛するとなると戦える女性が必要となるだろう。

また、そうでなくともアニエスやリコリスという女性が家に居る。家族愛の深いカセロールやペイスとしてみれば、彼女たちを常時守れるだけの体制は作っておきたい訳で、女性従士を一定数雇い入れておくのは必須だ。

他の家であれば、女性を家の奥に囲い、家の周囲を護衛するというような形で守ることも多い。高い壁に囲まれた家を用意するであるとか、人の出入りがないような辺鄙(へんぴ)なところに家を建てて人払いをするという極端な事例もある。女性の安全を守るということだけ考えるなら、それはそれである程度の筋は通るだろう。ペイスに曰く、豪勢な刑務所である。

しかし、モルテールン家は娘が五人居た。ヤンチャな子供たちが、家の中だけで大人しくしていられるだろうか。そんなことはあり得ない。

愛する娘たちに、安全の為だからと不自由を強いるようなことが、親馬鹿にできるだろうか。できる訳がない。

必然、モルテールン家では女性を建物に閉じ込めておくような護衛は馴染まなかったという訳だ。建物で守らないなら、人で守るしかない。

また、慢性的に人手不足といった事情もある。

優秀な従士はどこだって欲しがるだろうが、先のとおり女性従士の役割は家人の護衛に限る場合が殆ど。女は家にいろという方針の貴族家も多いが、開明的で女性を従士として採用している家であっても、やはり役割は大事な女性の護衛となる。

これは、もっと活躍したい、もっと自分を活かしたいと思っている女性からすれば不満があるだろう。

例えるなら、女性採用を活発にしていますと謳っている企業でも、実態は秘書課や経理課のようなサポート部署にのみ配属が固定されているようなもの。

しかし、モルテールン家は違う。

そもそも合理的かつ実力主義なカセロールが当主であり、同じく合理主義のペイスが次席の権力者であるから、能力さえあるなら当人のやりたい仕事をさせる。

腕っぷしに自信があるなら兵士を率いて治安維持活動もさせるし、やりたいと希望すれば外交の職責を預かることだって可能だ。何故か、なりたいという希望者は出てこないが、従士長の地位について領主代行を補佐することだってできなくはない。希望者が出てこないのは実に不思議だが。

人材不足のモルテールン家。女性だからと、使える人材を護衛だけに使うような勿体ないやり方はしない。それが合理的というものだろう。

勿論、給与も仕事と職責に見合うだけ、男性従士と全く同じ給与体系になっている。

男女をえり好みする人的余裕がなく、家の事情があり、かつ当主たちが待遇面でも整備を進めるというモルテールン家。

結果として、自分に自信のある従士希望の女性にとっては、神王国でぶっちぎり一位で働きやすい職場が出来上がった。

女性に対する福利厚生が手厚いということもあってとても人気の就職先なのだが、やはり女性ならではの問題や不安もある。これはモルテールン家だからという訳ではなく、人間がある程度集まると生まれる人付き合いの面倒臭さの問題だ。

故にこそ、領主家の人間に直接顔を覚えてもらい、また意見を忌憚なく伝え、先輩たちにも名前を覚えてもらうことで、不平や不満を抱え込まないようにしよう、という訳である。

お茶会という名目で新人たちも呼んだのは、そのほうが気楽に親交を深められるとリコリスが考えたから。

「随分と華やいでいますね」

「ペイスさんも準備を手伝ってもらってありがとうございました」

きゃあと庭の一角から悲鳴にも似た歓声があがる。

それを遠目に見ながら、リコリスとペイスはお互いに言葉を交わし合う。

「今日は僕も久しぶりにたっぷりお菓子作りができました」

「嬉しそうですね、ペイスさん」

「はい。毎日こうだと嬉しいのですが、くれぐれも今日だけとシイツに釘を刺されています。残念なことです」

「ふふふ、相変わらずですね」

お茶会に先立ち、ペイスが厨房に籠もって幾つかのお菓子を作り上げた。

シュークリーム、べっ甲飴、りんご飴、タルトタタン、チョコレートにクッキーなどなど。今までモルテールン家で作ってきた、そして今でも販売しているお菓子の数々。

その道のプロであるペイスが技巧を凝らして作ったのだ。どれをとってもこの世界では間違いなく最高峰。従士たちも、自分の給料だけならばそうそう手が出せないような金額のスイーツばかり。

それが、今は食べ放題。

お茶会の会場は、それはそれは華やかで甘い、スイーツパラダイスになっている。

「こんなにスイーツがいっぱいあるなんて、凄いと思います」

ビオレータが、感嘆するようにつぶやいた。

産休中は暴飲暴食を戒める為に食事の指導があった為、好きなだけお菓子を食べられるというのも久しぶりなのだ。

自分が少し現場を離れていた間に、モルテールン家の製菓事業はそのレパートリーを増やしたらしいと、感心している。

実は彼女も、大人しそうで清楚な見た目とは裏腹に、かなりの大食漢だ。

「ビオも、遠慮せずに食べてください。これらの味を知ることも仕事ですから」

「そうなんですか？」

新人の為の催しと聞いていたせいか、遠慮がちなビオ。

気にせずにどんどん食べるように、リコリスは促していく。

これも仕事のうち。

お菓子を食べることが仕事になるのかと疑問に思ったビオは、ペイスのほうを見た。視線を向けられたペイスは笑顔で頷き、リコリスの言葉を肯定する。

「ええ。新人たちも、これから当家で働くにあたって、お菓子に関わることは増えるでしょう？」

「そうですね」

お菓子で財を為したモルテールン家では、現在の稼ぎ頭も製菓部門である。

製糖産業も領内に抱えているが、ただでさえ砂糖の加工品は付加価値が大きい。更に、ブランド化も成功している為、利幅はとても大きいのだ。

酒造部門や農産品部門も輸出項目としては存在するが、やはり製菓事業の前には霞んでしまう。

必然的に、新人たちもお菓子に関わる知識を求められることが多くなる。ペイスがモルテールン家に居る以上、確定事項だ。

自動車を売りに来るセールスマンが自社の車に詳しくないなどあり得ないように、モルテールン家の人間が、自分たちで売っているお菓子の味も知らずにいて良い訳がない。

そして、新人を指導する立場の先輩も、知らずに済ませることはできないのだ。

産休中だった間にできた新商品も、残らず口にしておくのがビオの義務だとペイスは断言する。

「これが、マシュマロですか？」

「はい。白いのがプレーン。こっちのがラズベリー風味。そっちのはブドウ味です」

新商品の中には、つい先日作ったばかりの新作もある。

ふわふわのマシュマロ。

色合いは白を基調とするパステルカラーであり、香りは仄かに蜂蜜と果物の香りが混じる。

目にも可愛らしく、手に取ってみた感触も新感覚だ。

そっとひとつまみ。口に入れるビオ。

「むぐ、美味しいです」

「気に入ってもらって良かった」

今までに食べたことがない食感。もきゅ、もきゅっと不思議な感触のマシュマロは、舌で押せば柔らかいのに適度な弾力を感じる。

噛めばしっかりと甘みを感じ、蕩（とろ）けるような美味しさが口の中で広がっていく。

生まれて初めての味に、ビオは目を丸くして驚いた。

美味しい。これは良いと、ついついもう一つ、もう一つと手が進んでしまう。

「ビオも落ち着いて食べると良いですよ」

「はい。あ、コロちゃんも食べようよ。美味しいよ」

コロちゃん、と呼ばれたのは、コローナ＝ミル＝ハースキヴィ。

婚約者をぶちのめしたことで婚約を破棄され、居辛くなったハースキヴィ家を飛び出してモルテールン家に雇われたという、先輩格だ。

質実剛健にして風岸孤峭（ふうがんこしょう）。武人然としていて、新人たちも声をかけづらいらしい。ひっそりと同期のビオの傍にいたところで、マシュマロを勧められる。

「いや、私は……」

「いいから。ほら」

ビオの押しに負け、マシュマロを食べるコローナ。

どこかを睨みつけるようなキツイ目つきが、ふっと緩む。

「ね、美味しいでしょう？」

「そうだな」

友人同士としておススメのお菓子を堪能し合うビオとコローナ。

それを見ていたペイスが、コローナに声をかけた。

「ところで、コローナ」

「何でしょう」

主家の人間に声をかけられたことで、即座に姿勢を正して敬礼する武人。

どこまで行っても真面目な彼女に対し、ペイスは柔和な笑顔のまま。

「貴女、村長になる気はありませんか？」

「は？」

長身女性がきょとんと呆ける。何を言われたのか理解が及ばない顔つき。ぽかんと間の抜けた顔になっている。

日ごろは子供が泣くほどにキツい目つきをしているのだから、珍しい表情だ。

「今、魔の森を開拓中なのは知っていますね？」

「はい」

「開拓の端緒となる駐屯地。ここに近々入植を考えています。入植する人間は、魔の森を恐れずに集まる者たちになるでしょう。必然、血の気の多い人間が集まる」

「はい」

ペイスは、コローナに対して村長になってほしい理由を滔々と語る。

今後魔の森に人を入れるとするなら、その人間は恐らく普通の良民という訳にはいくまい。

魔の森でも恐れない剛の者か、或いはリスクがあろうとも利益を優先させる欲深い人間か。はたまた、腹に一物抱え込んだスパイという可能性もある。

どういう人員が集まるにせよ、他所で行っている入植とは違った形になるはず。

「入植地を任せる人間は、どうしても腕っぷしの強さが求められる場面が出てくる。新村でも治安維持を担ってきた貴女であれば、その点で不安はありません」

「ご評価いただきありがとうございます」

「更に、今後魔の森の村は、交易の中継地点ともなり得ると思っています」

「はい」

「交易先として考えられるのは、ボンビーノ領やリハジック領。いえ、新ハースキヴィ領です。モルテールン家の従士でありながらハースキヴィにルーツを持つ貴女であれば、村を預かる代官として交易面でも他領の人間が安心できるというもの」

「はい」

だんだんと、ペイスの言いたいことが分かってきたコロちゃん。

要するに、自分の持つ能力と血筋が評価されている。

今まで真面目にこなしてきた仕事ぶりが評価されている。

自分自身が真っ当に評価されている。

そう、感じた。

「今すぐに決めろとは言いません。しかし、魔の森の開拓が進めばいずれ貴女の力が必要となるでしょう。その日が来るまでに〝自分の答え〟が出るように、考えておいてください」

コローナは、ペイスの言葉にじっと考え込んだ。

## 突きつけられる難題

ハースキヴィ家の屋敷。

新興の準男爵家としての格式を保つために建てられた屋敷は、まだ建てられて真新しい。

新築も同然の屋敷の中。応接室に、一人の客が座っていた。

ハースキヴィ家当主ハンスは、部屋に入るなり客のほうに笑顔を見せる。

「義兄さま、お邪魔します」

来客というのはほかでもない。

ペイストリー＝ミル＝モルテールン。

ハースキヴィ家当主からすれば妻の弟、つまりは義弟にあたる。

軍家として、一騎士としての武功を重ねてきたハースキヴィ家は、どうしても内政面や外交面に弱い。モルテールン家にはその点で何度となく助けてもらっているため、義兄といっても威張ることはない。そもそも当主自身無駄に偉ぶるような性格でもないのだが、恩人相手であれば尚更。

味方としてこれ以上ないほど頼もしい義弟の来訪だ。両手を広げた大げさな態度で、歓迎の意思を伝える。

「モルテールン家の人間なら何時でも歓迎さ」

「歓迎痛み入ります」

「義父上や義母上はお元気にしておられるかな？」

「王都で元気にしていると承知しております」

便りがないのは元気な証拠ともいうが、ペイスやカセロールは【瞬間移動】を使える魔法使い。その気になれば一瞬で王都とモルテールン領を行き来できるのだから、急な用事があればそれこそ魔法で何がしかの連絡がある。連絡がないということは、急な連絡もないということであり、いつもと変わらない日常だということ。

それにこの間もペイスが王都に行ったばかり。

モルテールン子爵領々主カセロールや、同子爵夫人アニエス。二人とも相も変わらず親馬鹿であったとペイスは言う。

それは良かったとハースキヴィ準男爵ハンスは笑顔で頷く。

「そうか。それは何よりの朗報だね。ペイスも元気そうでよかった」

「義兄上もお変わりなくお過ごしの御様子、ご壮健何より喜ばしいことと存じます」

「はは、堅苦しい挨拶はそれぐらいで良いよ」

「では、改めて。ご無沙汰ですね」

「ああ。よく来てくれた」

まあ座ってくれと、ハンスはペイスに椅子を勧める。

「ビビとはもう会ったかい？」

「いえ、まだです」

「それならついでだ。ビビも同席してもらうとしよう」

お互いに椅子に座ったところで、世間話が始まる。

ハースキヴィ家の内政と外交は、実のところ妻が殆ど差配しているようなところがあり、ハンスの妻が交渉の場に同席するのは珍しいことではないのだ。

元々単なる騎士であったハースキヴィ家であるから、貴族としての外交や、領主としての内政は不得手。人手の足りないモルテールン家で父親の手伝いをしていたこともある妻が愚痴を聞き、それが助言になり、何時しか全権を任すようになったという経緯。

「姉様は相変わらずなんですね」

「ははは、うちでは私より妻のほうが余程に優秀だね。いつも助かっている」

最高権力者が来るまでの間、義理の兄弟は四方山話で盛り上がる。

「聞いたかい？　例のカールセン家の話」

「あそこは人が多いので、話題には事欠きません。どの話のことでしょう」

「それが、また子供ができたらしい。男の子だそうだ」

ハンスには、モルテールン家とは違った人脈もあれば、付き合いもある。

お互いに情報交換をするというのは大事な外交で、お互いにお互いが価値のある存在であるというアピールをしておくのが大事。

カールセン家といえば軍家とも縁の深い、というよりも大抵の家とは顔馴染みである、とにかく手広く交友関係を持つ中堅どころの子爵家だ。

「凄いですね。何人目でしょう」

「さあ。あそこは特産品が子供だ。荷台に乗せて、荷台の数で数えたほうが良いんじゃないかな？」

「義兄様もなかなか辛辣な冗談をおっしゃる」

ペイスの言葉に、ハンスは軽く笑う。

「ははは。しかし、当代の子爵閣下もお年を召してこられた。そろそろ代替わりがあるのではないか……と、この間のパーティーで話題になっていたよ」

貴族にとってみれば、代替わりというのはかなり気になる話題だ。

どの貴族家にしたところで、最終決定権を持つ人間が変わるという意味は大きい。どれほど親子兄弟で思想信条や考え方が似ていようとも、結局は別人。嗜好も違えば能力も違う。

人間社会のトラブルの何割かは人間関係のトラブル。現当主と上手くいっているからといって次代とも上手くいくとは限らないし、逆も同じ。

貴族家の代替わりとは、多分に関係性の変動を伴うものだ。

「お家騒動にならないのなら、代替わりも良いと思いますね。当代がまだご健勝なうちに貴族位と家督を譲られるというなら、混乱も少ない」

「お家騒動ねえ。子供が多いとそれはそれで大変だ」

「少なくても大変ですよ。ジョゼ姉様の所のように」

「あれはうちも巻き込まれた。プラスになったから構わないが、厄介なことだ」

ボンビーノ子爵家の子供を巡って大貴族同士が争ったことは、当然ハースキヴィ家も承知している。何せ領地替えの案については当事者だ。

あれこれと世間話をしていたところで、応接室に一人の女性が入ってくる。

ハンスにとっては最愛の、ペイスにとっては天敵の女性。

「ペイス、よく来たわね」

「ビビ姉様、お邪魔してます」

ヴィルヴェ＝ミル＝ハースキヴィ。旧姓はモルテールン。

ペイスの実の姉にして、モルテールン姉妹の長女。

弟を見るなり傍に寄り、腰を浮かせて逃げようとした弟を捕まえて思い切り抱きしめる。

挨拶代わりにハグをするのは、モルテールン家初代からの伝統だ。

「ペイスも、背が伸びたわね。もうこんなに大きくなって」

「まだ伸び盛りですよ？」

無理やり姉を引きはがしたペイスが、改めて姉と向かい合わせで椅子に座る。

「縮んでも良いのよ？　私は小さいペイスも可愛いと思うから」

「この年で身長が縮むのは困りますよ」

お互いに冗談を言い合う姉と弟。

「甥っ子たちは元気にしていますか？」

「勿論よ。たまに熱を出したりはあるけど、元気いっぱいに育ってるわ」

「お土産も持ってきたので、渡します。皆で召し上がってください」

ペイスは、ビビにお土産を渡す。

中身は勿論スイーツである。

ペイス特製の焼き菓子を、綺麗にラッピングして持ってきた。甘いものの貴重な世界、子供たちにはこれが大人気なのだ。

「あら、ありがとう。うちの子たちにもお礼を言わせないとね」

「いいですよ、別に」

「そうはいかないわよ。躾ですもの。物を頂いてお礼も言わない子になってほしくないから、ちゃんとお礼は言わせるわよ」

「じゃあ、帰りの時で良いです。可愛い甥っ子や姪っ子の顔を見てると、大事な用事も忘れてしまいそうですし」

「あらあら、そうなの？　でも仕方ないわね。うちの子は可愛いもの」

子供は親に似るというが、ビビも我が子を手放しで褒める。

嫌味にならないのはビビの人徳なのだろうか。暫くは子供の話で盛り上がる。

「それで、今日はどういう用事で来たの？」

さんざん世間話をしたところで、ビビがペイスに本題を尋ねる。

世間話もそれはそれで意味もあるし、情報交換できたことも大きかったのだが、何時までもそれだけという訳にもいかない。

「姉様は、コローナを覚えていますか？」

「勿論よ。うちの親戚の子だもの。あの子も元気にしてるの？」

「ええ、元気にしていますよ」

「それで、彼女が何か？」

もしかして、ハースキヴィ家に縁のある人間が、何か不祥事を起こしたのか。

そんな考えも頭をよぎったビビだったが、ペイスの態度から悪い知らせではなさそうだと察する。

しかし、だとしたら彼女について思い当たることがない。

ビビが続きを促すと、ペイスが軽く首肯して続きを話す。

「……当家のコローナ＝ミル＝ハースキヴィに、村を預けようかと思いまして」

一瞬、驚いたビビであったが、流石に交渉慣れをしているのかすぐにポーカーフェイスを張りつける。

「それは、モルテールン家の内政の範疇ではないかしら。それなら私たちに相談することもないと思うわ」

「そうですね。当家の従士にどういう職責を与えるかは当家の裁量です」

自分の家の人間に対して、どういった仕事を任せるにしても、それは家中の問題。

いくら血の繋がった人間のことだからといって、他家にわざわざ足を運び、報告することでもない。

しかし、あえてペイスが報告したのは続きがあるからだ。

「今後、村の代官ということになれば、モルテールン家にとっては重要な職責を担うことになりますし、慣例ではそういった職責は世襲も検討すべき事案でしょう。違いますか？」

「一般的には、そのとおりかしら」

モルテールン領は基本的に全ての村が直轄であった。

そもそもどの村も水資源に乏しく、井戸も一つだけ。故に数十人程度が許容限界だったし、カセロールが【瞬間移動】を使えた為に多少の距離も苦にならなかった。

しかし、魔の森に新しく作る村は、事情が違う。

いつ何時獣や魔物が襲ってくるか分からない、危ない場所。腕っぷしの強い人間が常駐しておく必要がある。

一つの村に武官を常駐させるというのは、それ即ち村を丸ごと預かるということ。

つまりは、代官だ。

領主が貴族として世襲を慣例とするように、神王国において村や町の代官というポジションは大体世襲される。

実力主義のモルテールン家で代官というポジションが世襲されない可能性は勿論あるのだが、一般的には代官職を担う人間はそれ相応に家中の地位も高いと見做(みな)されるもの。

例えるならば、現代で言うところの子会社の社長を任されるようなもの。本社の役職者が子会社や孫会社の社長になる。珍しいことではないし、そういう役職の人間はそれなりに会社内でも立場があると見做されるだろう。

代官職を拝命している従士家もこれと似ている。

社会的に地位が高いと見做される従士家ともなれば、代官職はさておいても、従士という立場ぐらいは世襲されて当然だろう。

グラサージュやコアントローといった古参従士の子が、同じく従士として当たり前に雇われたようなものだ。

重要な村を預かる代官になるということは、モルテールン家の重臣の仲間入りを果たすということ。世襲の従士家になるということ。

そう、世襲だ。

今現在、コローナは独身。

大きな問題が、デカデカと看板を掲げて立ちはだかっている。

「つきましては、彼女の婚約者を決めていただきたいのです」

ハンス＝ミル＝ハースキヴィは、改めて難題を突きつけられる思いだった。

## 魔法部隊

魔の森の一角。

人が入っては帰ってこないといわれた魔境に差し込まれた、一筋の光。

モルテールン家によって切り開かれた、文字どおりの橋頭保がそこにある。

襲い来る魔物を返り討ちにしながら排除すること七たび。

切り立った険しい崖に、モルテールン家の魔法部隊による力技で九十九折り（つづらおり）の斜面が作られ道ができたことで、国軍が真剣にモルテールン家の部隊ごと引き抜きを交渉すること三度。

【発火】によって周囲の森がこんがりローストされ、そこを【掘削】することで焼き畑の農地と建設用地が出来上がり、国軍を含めた人海戦術で土塁のような防壁ができ、晴れて安全地帯が完成したという訳だ。

切り立った崖の下。北の崖を背にした形で半径三十メートルほどの半円状の防壁に囲まれた、なかなかの城壁都市である。城壁の中はまだ掘っ立て小屋しかないが。

九十九折りの道の下にできた空間。人が魔の森で寝起きするにはまだまだ不安が大きいが、それで動じるような人間は居ない。訓練の賜物であろうが、何処でも寝られる者たちが集まっている。

魔の森に人類の拠点ができたとすれば新たな歴史の一ページといっても過言ではない。

更に崖を登れば、そこにもまた防壁と堀があり、魔の森の開拓における正真正銘の最前線。今、人類が最も未知と向き合い、最も危険を冒し、最も夢があふれる場所。

ここの防衛が目下の国軍第三大隊最重要任務となっている。

「つくづく、魔法というものは反則だな」

「気持ちは分かります」

バッツィエン子爵の呟きに、部下の一人が同意した。魔法というものがどれほど強力なものかを、ここしばらく嫌というほど味わわされてきたのだから。

そもそも魔の森でなかったとしても、家が幾つも入りそうな大きさの城壁を用意するのは容易なことではない。

簡単にできるぐらいなら、今ごろは誰でも彼でも防壁を作って防備を固め、堀を作り、無防備に襲われる村や町はなくなっている。そうなっていないのは、やらないからではなくできないからだ。

まず、深い穴の掘れる地面というものがあるかどうかが最初の関門。

人が住みやすい場所というのはどういう場所かといえば、地盤が安定しているところだ。地面が砂地や沼地である場所に家を建てたいと考える人間は少ないだろう。砂上の楼閣と呼ぶまでもなく、基礎工事の時点で難航極まるはずだ。

普通は、家を建てるならしっかりとした場所に建てたがる。

例えば、小高い場所。

南大陸では昔のモルテールン領のような場所を除いて、雨量には恵まれている地域が殆ど。時には、低い地面が浸水してしまうような大雨が降ることもある。

川の氾濫や水害を防ごうと思えば、少し高い場所に家を建てたほうが良い。

しかし、小高い場所というのは、長年の風雨に晒されつつ、その形を保っている場所でもある。

つまり、軟らかな土壌は既に粗方流出してしまっていて、草木生い茂る表層はともかく、基盤は岩盤質な硬い土壌や、密度の高い粘土のような土壌であることが多いのだ。

こういう場所は、穴を掘るといっても押し固められた粘土や岩盤が邪魔をして、まともに掘れない。つまり、堀を作れない。

堀が作れないとなると、防備を整える為にはより高い壁が必要となるわけだ。

高い壁を作る為に、別の場所から石を運ぶ。これはかなりの大仕事である。

また、仮に軟らかい土壌が分厚くなっている場所に家を建てるとしても、それはそれで壁を作るのは問題がある。

地盤が軟弱である場所に石のように重たいものを積み上げると、地盤が沈下してしまうからだ。

ピサの斜塔のように、柔らかな地盤の上に重たいものを積み上げると思わぬ地盤沈降をおこし、最悪崩れる。

城壁都市を作るというのは、年単位、十年単位の長い時間と、膨大な人手。そして天文学的な費用がかかるのだ。

作り上げるのに馬鹿みたいな費用がかかるはずの城壁都市。それを、前人未到の地に作り上げてしまうのだから、魔法というものの凄さを感じさせる。

魔法というものは、使い方次第で戦場の花形になれる。一騎当千の活躍を見せるという話は、神王国人であれば誰しもが知る事実。吟遊詩人が情緒たっぷりに歌いあげ、舞台では役者が堂々と演じるのが魔法使いの活躍というもの。

だがしかし、魔法というものを本気で〝内政〟に使えばどうなるのか。その結果が、子爵の目の前の結果である。

なるほど、モルテールン家の御曹司が自信満々に国軍を要請する訳だと、ここにきて初めて納得した。

常人の常識では量り切れない異常。いや、偉業。

これは、モルテールン家だからこそ成しえたことなのだろう。

「あの魔法部隊。どうにか国軍に貰えませんか？」

「……何度もモルテールン卿に頼んではみたのだがな。魔法使いを貴族家から軍に引き抜くというなら、それ相応の手続きと対価を寄越せと言われてしまった」

バッツィエン子爵は、部下の言葉に渋い顔をした。

ひと月ふた月の僅かな期間で、何処にでも深い堀と頑丈な城壁を用意できる部隊。

工兵部隊として運用すれば、どれほど効果的だろうか。

仮に敵中のど真ん中であっても、あっという間に城ができてしまうのだ。敵にすれば何とも厄介で、味方と思えばこの上なく頼もしい。

ぜひとも麾下に加えたいと、バッツィエン子爵も考えた。

一度ならず二度三度と粘り強く頼んではみたのだが、やはりと言うべきかペイスは首を縦にはふらない。

そもそも魔法使いというのは、貴族家が抱える場合はとっておきの切り札になるもの。どこの家でも領民に魔法を使えるものが出れば、高給で抱え込む。

外交的にも、軍事的にも強力なカードと成りえるうえに、内政にも使えるのは見ているとおり。

手放してほしいと言われて、はいそうですかと頷く貴族など居る訳がない。

そこをどうしても、有用な魔法使いを移籍させたいというのなら、貴族家に対しても対価がいるもの。一人の魔法使いを移籍させるにも、金貨が何百枚何千枚と動く大商いで。

ペイスは、常識的な金額として、全員が魔法使いであるとして金額を提示して見せた。

人数が人数だけに、国家予算並みの金額になった。

これはどう転んでもバッツィエン子爵や国軍だけで出せる金額ではない。

何とか値引きをと交渉もしたのだが、値引くぐらいなら移籍はできないとけんもほろろ。

ペイスの言うことは正論である為、引き下がるしかない。

「……あの魔法部隊は、量産できるのでは？」

「我々は、何も知らないことになっている」

「そんな。あれほどの力を一貴族家が持つなど、宝の持ち腐れでしょう」

どう考えても、班で運用して隊を為すほどの魔法使いを、全て領内から集めたというはずがない。

魔法使いは二万人に一人と言われるほど稀有な能力であり、しかも能力自体は人によってさまざま。

同じ魔法を同じように使う同じ年代の人間が、同じ領内からごっそり見つかるなどという話は、不自然極まりない。

魔法使い班と言われている連中が、元々は普通の人間であったであろうことは明らかなのだ。

魔法を使える秘密。いつも舐めている飴が、実に怪しい。

魔法使いを〝量産〟できるというのなら、モルテールン家単独で国崩しができそうである。

いざとなれば国内貴族やその軍隊の鎮圧を命じられる国軍の人間としては、モルテールン家を敵にした時を想像して背筋が寒くなる思いだ。

「秘密をバラせば、それで多少の利益は得られようが、モルテールン家を敵にするな。この力を敵にしたくはないものだ」

「そうですね」

バッツィエン子爵がしみじみと呟くなか。

ペイスが駐屯地にやってきた。

「バッツィエン子爵」

「モルテールン卿、戻ってこられたか」

「すいませんね、野暮用で」

「構わんとも。些事は我々に任されよ」

バッツィエン子爵の元にやってきたペイスは、笑顔を浮かべている。

早速とばかりに、新たな指示を与えるということだった。

「では、村づくりを始めましょうか」

「村づくり?」

子爵がペイスに問う。

「この駐屯地をもっと手厚くし、施設を整えて村としての体裁を整えようと思っているのです」

「ほう」

「国軍の皆さんには、引き続き周辺の脅威を排除してもらいたい」

「おお、任されよ。そのような仕事は得意だ」

ペイスの指示に、どんと胸を叩き、大胸筋を張り切らせて請け負う子爵。

早速とばかりに部隊を纏め、周辺の警邏に出ていく。

残るのは、ペイスとモルテールン領軍。

「まずはなにするんです？」

部隊の指揮官として残っていたバッチレーが、ペイスに尋ねる。

「そうですね。まずは何をおいても水でしょう」

駐屯地の改良をして、村の体裁を整えるなら。

まずは何をおいても水の確保である。

「今、地図上ではここに川が通っています」

ぱっとペイスが取り出す地図。

どこまでも正確無比であり、まるで〝航空写真〟のような地図が、ペイスの【転写】によって描かれている。

すっと指さすペイスの指の先には、現在地から少し離れたところの川があった。

「貯水池からの用水路の延伸が、ここまで進展していますから、まずはこちらからもこう用水路を伸ばして、川を繋げます」

モルテールン領内を縦横に走る用水路。

魔の森に流れ込んでいる河川と結合させたこの人工河川が、魔の森駐屯地から南東方向を流れている。

ここから水を引き、かつ排水をまた川に戻す。

ペイスは指でルートをなぞりながら、バッチに指示を出した。

「次は、防壁の拡張ですね」

更に、水の確保が済んだ後の指示も忘れない。

川を引き込んだなら、いろいろと施設も必要となる。また、魔の森の中で駐屯地が孤立する場合も考えられる為、田畑も作っておきたい。

そうなると、今の城壁で囲まれた領域では少し手狭だ。

「堀も同時に整備して、用水路から水を引くつもりですから、同時に工事するほうが手間もかからないですかね」

やがて、ペイスの指示とバッチの準備によって、魔法部隊が集まる。

「諸君、これより作戦行動に入ります。作戦の内容はかねてより計画していたものに沿って行いましょう。指揮はバッチレーが執ります。皆、指示に従って、安全に行動してください」

「はいっ!!」

従士たちの声が揃う。

兵士を使い捨てにするような勿体ない真似はしないのがモルテールン家だ。

安全には配慮の上にも配慮を重ねる。

「では……【掘削】!!」

モルテールンの魔法部隊によって、用水路は信じられない速さで整備される。

魔の森の村予定地までの延伸にかかったのは、都合一週間ほどであった。

## 進む開拓

魔の森に、村と呼べる場所ができて数日後のこと。

「モルテールン卿。長期の偵察より、たった今戻った」

「これはバッツィエン子爵。ご苦労様です」

立ってる者は親でもこき使い、なんなら座っている師ですらこき使うペイスであるから、国軍という一等級の戦力を遊ばせておくはずがない。

偵察任務ということで、できたばかりの村の周囲を探索させていた。

「東部はどうでしたか？」

「流石は魔の森であるな。地形は峻険(しゅんけん)であり、木々は巨大で鬱蒼(うっそう)とし、獰猛な獣に何度も襲われた。然程進むことはできなかったが、負傷者が増えた故に一旦戻ってきた」

「任務ご苦労様でした。暫くは静養を命じますので、交代で十日ほどずつの休暇を取ってください。一か月後に改めて偵察を再開しましょう」

「分かった」

魔の森についての情報は、徐々に集まりつつある。

少なくとも拠点ができて以降は、その質も量も格段に上がった。

拠点ができたメリットとしては、何と言っても安全に休める場所がある精神的な安定だろうか。

どれほど大変な目に遭い、或いは危険な目に遭ったとしても、拠点に戻りさえすれば命は助かる、ぐっすり寝られると思えば、あと少しという最後の踏ん張りが利くようになるのだ。

また、物資の集積という点でも拠点がある意義は大きい。

人間が持ち運べるものの量などというものはたかが知れている。幾ら鍛えられた人間であっても、何十キロもの荷物を背負ったまま長時間動き続けることは困難だ。

ましてや魔の森は不整地。アスレチックの踏破をしているような動きをし続けねばならない。岩がごろごろとしていれば階段の上り下りを強制されるようなものだし、植物の根を跨ぐために飛び越えるような動きをすることもある。

まともに歩き続けるよりも、十倍は疲れるのだ。

荷物を下ろして置いておける場所があるだけで、どれだけ身軽に動けることか。

「細かい報告は後で構いませんので、閣下もどうぞゆるりと体を休めてください」

「そうさせてもらおう」

「斥候が事前に知らせてくれたので、お湯も沸かしてあります。お風呂にも入れますが」

「おお、それは良い。ぜひとも風呂で汗を流すとしよう」

ついさっきまで昼夜問わずの冒険をしていた国軍の面々は、どう控えめに言っても汗の臭いがする。危険地帯の中でのんびりと、鎧を外して体を拭くなどということもできない為当然だが、学校の運動部の部室を濃く煮詰めたような臭いは強烈だ。

ペイスが風呂を作ったのも、偵察任務の度に汗臭いおっさんが量産されていたからである。

幸いにして燃料となりそうな木々は周りに腐るほどあり、燃やすものに苦労はしない。

あとは水が十分に使えれば、お風呂も沸かすことができる。

そう、水が潤沢に使えるなら、だ。

「しかし、ここも随分と変わったな」

子爵は、ぐるりと駐屯地となっている拠点を見回す。

崖の下に設けられた、防衛の拠点。

背後を崖に守られ、周囲を防壁で囲われた、かなり手厚く守られている拠点である。

「そうですね。大分、形になってきました」

「真っ先に水路を通したのは、卿の慧眼だったな」

「人は水なしに生きていけませんし、堀を作るついでにできることでしたから」

「うむ、それでも卿の、いや魔法部隊の活躍が素晴らしい」

「彼らはよく働いてくれています。どこかで労ってあげたいですね」

「うむ、そうだな。どうだろうモルテールン卿、労うというのなら彼らを一旦国軍に合流させて、共に親睦を深めるというのは。いつぞや御家の若者とやった、ばあべきゅうとやらでもやれば、良い労いになると思わんか？」

「バーベキューをするのは構いませんが、魔法部隊を国軍に預けることはしませんよ。そのまま返してもらえなさそうなので。やるなら、モルテールン領軍と国軍の懇親という形でやりたいですね」

「むう、残念だ。良い提案だと思ったのだが」

虎視眈々と魔法部隊を狙っている子爵には苦笑するしかないペイスだが、水路を最初に通したことは自画自賛してよいやり方であったと思っている。

まず、掘って固めただけだった空堀に水を溜められたことで、防御能力が段違いに上がった。

空を飛んでくるものはともかく、巨大な蜘蛛のような地を這う魔物はまず水堀に入ってくることはない。仮に入ってきたとしても、地上で素早く動き回られることに比べれば、水の中で蠢くだけのものは一般の兵士でも十分に対処できる。

大型の四足獣のたぐいも、基本的に水に入ることは嫌がってくれるし、入ってきても動きは緩慢になってくれる。守りやすいという意味では、水堀は大きな効果が出たと誰もが認めていた。

また、水を好きなだけ使えることで、兵士たちのストレスが大きく減った。

水路を通していない時は水を節制せねばならず、自分が飲める水の量や洗濯等に使える水の量を常に頭の隅に置いておかねばならなかったのだ。

常に心配事を抱えている状態というのは、じわじわと心の余裕を削る。

水路ができて水が流れるようになってから、目に見えて兵士同士の争いごとも減ったし、笑い声も出始めた。

更に、物資運搬の流通が劇的に改善したのも大きい。

水路を通したことで、ザースデンと駐屯地の間を、船が使えるようになったのだ。

勿論、船といっても人が乗るような大きさではない。大きさ的には家庭用の冷蔵庫を横倒しにしたぐらいの箱状の小舟だが、これに紐なり鎖なりをつけて引っ張れば、浮かせた船を運ぶだけで物が運べる。

馬車を曳かせる馬でも、小舟を曳かせるようにすれば運搬できる荷物の量は三倍では利かない。ましてや、駐屯地は水路の流れからいえばザースデンの下流にある。舟を浮かべさえすれば、あとは流すだけでも勝手に駐屯地まで物資が運ばれる。あとは、中身を取り出して軽くなった舟を纏めて運べば楽でいい。

補給の体制が整ったことで、鎧や兜や盾といった金属製の防具も予備を運び込めるようになったし、保存食に頼らずとも美味しいご飯が食べられるようになった。

長期間駐屯していても、活動に支障がなくなったのだ。

お風呂などはペイスの道楽、おまけである。

「バーベキューをするなら、広場が良いでしょうか」

「そうだな。あそこなら大勢で騒げるだろう」

駐屯地は、防壁の拡充に合わせて広場を設けた。

軍が集まって整列したり、指揮官からの訓示や伝達事項を纏まって聞いたりといった用途に使われているのだが、バーベキューに使うとすればなかなかに良い使い方だろう。

「ただ、バーベキューをするなら、家屋に火が飛び火しないようにしないといけません」

「そうだな。万が一にも森に火の粉が飛んで火事になれば、駐屯地が丸ごと焼けてしまう」

「豪勢なバーベキューになりますね」

「冗談でも笑えないことになりそうだ。折角ここまで作り上げたのだ。思い入れもある」

「そうですね」

今現在、駐屯地を村にアップグレードするために家屋も作っているところ。

民間人も居住している場所となると、今の駐屯地で物資を生産できるもとになる。

開拓はより一層進むだろうし、今の駐屯地を基軸にして、更に先へ新たな拠点を作ることもできるようになるだろう。

「そういえば、目ぼしい軍事施設を上階に移し、下階に畑を作るという話はどうなったかな?」

「まずまずです。とりあえず、二十人〜三十人程度が自給自足できる体制は整えました」

「ほう」

子爵が軍事行動として偵察や害獣の駆除を積極的に行っている間、ペイスは拠点をリフォームしていた。

水路を整備したこともそうだが、魔法を使えばいろいろと大規模な工事も手軽に行えてしまうのだから、つくづく反則的である。

ペイスが用意した畑は、収量の多い、かつ連作のしやすいものを植えてある。

実際の収穫が実るまではもう少しかかりそうだが、収穫の見込みとしてはささやかなもの。

多く見ても三十人程度が自給自足で暮らせる程度のものだ。

ちょっと人数の多い家族となれば、三家族から五家族程度の世帯が暮らすぐらいだろうか。

モルテールン領で見ても小規模であり、村というにも怪しい程度の生産力しかない。

軍が駐屯することを前提としている以上、軍事施設に空間を圧迫されてしまうからというのもあるのだが、流石に崖の上まで水路を通すことができていないという事情も大きい。

何とか、崖の下だけでも更に拡充して、自給体制をもっと手厚くしたいものである。

「もう少し拡張したら、ここを拠点にして開拓を進めましょう」

ペイスの言葉に、バッツィエン子爵も大きく頷く。

「いよいよ、代官の選定は急務となってきました……」

村の形が出来上がりつつある状況。

ペイスの視線は、更に森の奥へと向けられていた。

## 殺到

モルテールン家王都別邸。

最近改修工事が加えられ、馬車置き場が大きくなっているこの別邸だが、執務室の内装は変わり映えがしない。

というよりも、屋敷の執務室には考え得る限りの防諜・防魔法対策を施してあるため、どうしても中身もシンプルになりがちなのだ。

部屋の工事費だけでもそこら辺の屋敷を二つ三つ買えてしまいそうな執務室の中。

部屋の主とその息子が、対面していた。

「ペイス、わざわざすまんな」

「いえ、モルテールン家にとっての重大案件ですから、父様に直接報告するのは当然です」

ペイスが王都まで魔法で飛んできたのは、カセロールから報告を求められたからだ。

特に、目下水面下で動いている、ハースキヴィ家の領地替え案は最重要の報告事案である。

ハースキヴィ家はカセロールにとって娘の嫁ぎ先。気にかけるのは当然といえば当然なのだが、
それに加えて対外的に秘密にしている事案も絡む。

秘密にしている事案。即ち、魔の森開拓事案である。

「父様、王都の様子はいかがですか?」

「少し、きな臭くなってきているな」

父親は、王都の社交界の様子を息子に語る。

「一時期は領地替えについて、うちにいろいろと聞いてくる家があったんだがな。それは落ち着いた」

「ほう」

「だが、今度は領地替えに自分たちも交ぜろと言い出す者や、交換するのなら自分たちのほうが良いと売り込んでくるものが出始めた」

「押し売りですか。なるほど」

力のある貴族は、情報収集も上手い。

そもそも有力貴族の元には人が集まってくるものだし、人が集まればそれぞれが持つ情報も収集しやすくなる。

仮に断片的な情報であっても、集まればそれなりに全体像を把握するのには役に立つだろうし、同じ情報であっても出所が違えば情報精度を上げることにもつながる。

しかし、やはり一次情報ほど確実で、確かな情報というものもない。

モルテールン家と顔見知りの家は、それぞれにいろいろな場所でいろいろな方向から、モルテールン家のあげた領地替え案について質問してきていた。

今回の奏上についての真偽、或いは思惑について。根回しの進捗状況について。賛成している貴族と反対している貴族の内訳。などなど。

それぞれ個別であればあまり意味のない、外に出しても問題なさそうな情報であろうとも、細々とした情報を集めて整理すれば、或いは見えてくるものがあるかもしれない。

どこの家がどういう意図で質問してきているのか。答える側はカセロール一人なので、実に神経を使う社交が続いていた。

それも一段落したというのが現状なのだが、貴族社会というのは更に裏で動く人間も多い。

モルテールン家の出張ってきた理由をいろいろと推察し、中にはとんでもない斜め上の結論を出した上で接触してくる家もある。

例えば「モルテールン家が隣国へ戦争を吹っかけようとしている」という推測を元に、カセロールに対してそれとなく物資提供を打診してきた家があった。

フバーレク家がサイリ王国ルトルート領を攻略した際に、モルテールン家は非常に大きな貢献を果たしているし、南部貴族の援軍がなければ反攻も叶わなかったことは周知の事実。

最近になってまた改めて南部の諸家と東部の軍家が手を結ぶとしたら。

先の東部での戦いを想起するのは容易い。

モルテールン領でカカオの為に山をなくした事件があった。あれはレーテシュ伯を情報隠蔽工作に巻き込んだことで、レーテシュ家に大魔法使いが隠し玉として存在するという噂が流れてもいる。

ヴォルトゥザラ王国と山脈を挟んで国境を接するモルテールン家、外敵の脅威が減衰して軍事的な行動に制約のなくなったフバーレク家、後方支援には定評のある、山を動かせる魔法使いを持つレーテシュ家。

さて、これらを組み合わせてみた時。

今回の東部と南部の手打ちを為した〝利益〟が、ヴォルトゥザラ王国への電撃的侵攻ではないか、という推測ができる訳だ。

全部とはいわず一部でも山脈に通り道を作り、そこにモルテールン家が運んだ東部の一軍が雪崩れ込む。

決して不可能ではないだろうし、軍事進出を計画しているのではないか、と疑いの目で見れば、国軍の一隊をモルテールン家が借り受け、〝魔の森の開拓〟などという〝絵空事〟を建前にしているところも進出の地ならしに見えてくるではないか。

もしもそうだとしたら、恐らくはモルテールン家が領土を取り、フバーレク家やレーテシュ家にはそれ相応の利益がモルテールン家から渡されるはず。

自分も一枚噛ませてほしい、などと言ってくるのは、ある意味で敏いともいえる。予想が当たっていたのなら、先んじただけ有利に違いない。

「荒唐無稽な妄想ですね」

「だが、軍事行動を当家が意図しているというのは事実だ。目的が、本気で魔の森を狙っているというのを信じられるかどうかだろうな」

「ふむ」

他にも、とカセロールは続ける。

領地の交換というところに、何かとんでもない秘密が隠れている、或いは利益が隠れているのではないか、と考えた貴族も居た。

例えば、地下資源が新たに見つかった、であるとか。

ハースキヴィ家と領地を交換することになるリハジック家は、借金が嵩んでいるというのが社交会でも噂になるほど。

借金のかたに、各種の利権を渡すというのは貴族同士ならばよくある話だ。

漁業権、街道敷設権、鉱山採掘権、関税設定権などなど。

領地そのものを丸ごと売り渡す取引も勿論あるが、権利の一部を売り渡す取引のほうがより一般的。

領地を丸ごと寄越すほどでもないが、地下資源は確実に差し押さえたい。

ならば、とりあえず領地を交換するという建前で、密約が結ばれたのではないか。金融業を営んでいるレーテシュ伯が絡むのは、特に怪しい。

もしもこの予想が当たっているとするならば、リハジック領辺りには金の生る木が生えているも同然。

どうにかして手に入れられないか、などと嘴（くちばし）を容（い）れてくる人間が出始めた。

「あの土地は、木材資源こそ豊富ですが、地下資源は然程ですよ？」

「しかし、あの土地が利益を生む土地だという事実は摑んでいる。半端に正しいから始末が悪いな」

結論だけは明後日の方向に大外れしているのに、途中途中の推理や予想の過程には正しいものも含まれている。

ちょっかいをかけてきたり揉み手で寄ってくる人間は、この中途半端な〝真実〟を信じ込んでしまっているのだろう。或いは、完全に信じ込まないまでも、可能性がゼロではないと思って唾をつけに来ているのか。

世の中の嘘というものは、本当のことが混じっていると途端に見破りにくくなるようになっている。

「今のところは、我々の利益を本質的に阻害するものは現れていない。情報を精査し、推測の確度を上げていこうとしている段階だな」

「では、我々の思惑が漏れている様子は？」

「そこはまだない。まあ、ことが荒唐無稽な話だと思われるのかもしれんな」

「魔の森の開拓どころか、魔の森に街道を通すわけですからね」

「うむ」

モルテールン家が想定しているのは、開拓だけではない。

開拓地を広げる一方で街道を整備し、ボンビーノ領に面する海まで街道を延伸するという長期計画を立てている。

今までの数度にわたる魔の森の偵察と、国軍を動かしての大規模開拓の結果、街道延伸も可能性があると見込んだのだ。

「それで、魔の森の開拓はどうだ？　そちらが上手くいかねば、件の構想も絵に描いた餅だぞ」

「では、報告します」

ペイスは、現状を報告する。

「ふむ、新しい村もそれなりに形になってきたと？」

「はい。農作物の収穫はまだですから、実質的な収入はありません。しかし、ひと通り生活に必要なものは揃えられたと思います」

「そうか」

現状の開拓地は、駐屯地付近がほぼ全て。

駐屯地にはザースデンから水路も通り、街道敷設も進む。

魔法という、ある意味で重機以上の存在がその施策を後押ししている。

国軍などは駐屯地での滞在が長期になってきた人間も出始めているので、ひと通りの生活、長期滞在は可能になったと見るべきだ。

ペイスの報告に、満足げなカセロール。

「それで、この村への移住者の募集の件ですが……」

「うむ」

駐屯地が形になってきたなら、更に一歩進めたい。

民間人を居住させ、農作物などを生産させる。そうすることで、更にモルテールンの開拓を前進させられるのだ。

移住者が何人募集できるのか。

カセロールは、十人もいれば御の字だと思っている。

モルテールン領開拓初期の苦労が未だに体と頭にこびりついている領主としては、悲観的な予想という訳でもない。

魔の森は、前評判では地獄のような場所とされてきた。実際のところは地獄と呼べるほどのものではないが、かといって兵士ですら油断をすれば餌となる過酷さがあるのは事実。

多くて十人。

カセロールの予想は、常識的なものだろう。

僅かな人数であっても、まずは前例を作ることが大事だ。

人が住み、安全に暮らしていけている実態ができれば、それを宣伝して人を増やしていくこともできる。

最初の一歩が大事だ。

カセロールは、息子の報告に耳を傾ける。

「受け入れ可能人数をとりあえず三十人として募集を開始しましたが、希望者が四百人を超えそうです」

「……は？」

カセロールは、思わず口を開けたまま固まってしまった。

## ご利益

移住希望者四百人。

カセロールがペイスから伝えられた言葉に、驚きを隠せない。

「四百？　本当か？」

「はい。それも最低限の数字で、もっと増える可能性が高いです」

予想を遥かに超える応募者の数。

四百人ともなれば、ちょっとした町が出来上がる人数である。

さらにいえば、ペイスが示した四百人には老人や子供の数は含まれていない。純粋に労働者として数えられる人数だけで四百人だ。

人口の、それも労働者人口というのは領地にとってみれば国力そのものと言って良い。

機械化も未熟な社会では、生産能力とは即ち人の数である。

四百人規模の人口を抱える町となると、最低でも十人は従士を養える。騎士爵家程度であれば恥ずかしくないほどには生産能力が期待できるということ。

領地規模でいえば、準男爵領の領都がそれぐらいでもおかしくない。

かつてのモルテールン家であれば、どうあっても集められなかった規模だろう。

「まさか、魔の森に行きたがる人間がそれほど多いとは」


魔の森は、かなりの悪評が立つ程度には被害の出ている場所。

悪名高き、ということばがぴったり当てはまる、危険地帯である。

幾らモルテールン家が関わるとはいえ、王都のスラムよりも危険な場所にわざわざ行きたがる人間がいるとは思っていなかった。

正直、カセロールとしては五十人でも集めるのに十年かける覚悟でいたのだ。

これだけ簡単に人が集まってしまうとなると、かつての開拓初期に経験した苦労は何だったのかと泣きたくなるぐらいだ。

あの当時であれば、数人集めるのにも必死に駆け回っていた。

カセロールの複雑な心境の吐露。

周りにいる部下たちは気持ちが分かる者も多いので、頷くこと頻りだ。

「理由が幾つかあるようです」

「ほう」

ペイスは、父親への報告に先立って分析を行っていた。

「一つは、王家の肝煎り事業の一環であること」

今次の魔の森開拓は、王家にも事前に根回しをして行っている。

国軍の派遣の要請も通っているし、モルテールン家が用意した予算も潤沢。

人も金もたっぷりあって、王家も賛同する事業となれば、傍から見れば国家事業と見えてもおかしくない。

予算豊富な国家事業で行う、領民募集。

これは、無学な人間から見ても〝なんか凄そう〟と思えるもの。

普通の庶民からしてみれば、偉い人といえばせいぜいが自分の街の代官。貴族の従士クラスだ。面識を持てて、ある程度言葉を交わすこともある偉い人というのがそのレベル。

稀に、貴族様も見かけることがあるかもしれない。

現代でも市長やら知事やらを街で見かけるというのも、なくはないだろう。モルテールン家のように領民と領主の距離が近しい例外もあるが、庶民からしてみれば貴族様でも相当に上の〝偉い人〟である。

そこに来て、更にその上の王様が関わる事業。

もしかしたら、一攫千金を狙えるぐらいいい仕事なのかも、という物凄く曖昧なイメージで、募集する人間も居たと、ペイスは報告する。

「もう一つは、例のボンビーノ家の一件」

「ボンビーノ家の件が、うちの領民募集に関係してるのか？」

「はい、どうやらそのようです」

ボンビーノ家の赤子を取り合って、神王国の四伯とも称される大貴族同士が火花を散らして衝突した事件。

モルテールン家の介入の結果、解決というよりは丁度いい落としどころに決着したわけだが、事情通のボンビーノ子爵夫人やレーテシュ伯爵あたりは、ペイスの狙いに薄々気づいている。

魔の森を入念に偵察し、何度も軍を入れた。そのうえで国軍に根回しをして一隊借り受け、開拓を進めようとしている。

ほかならぬペイスが。

さてもさても、ペイスのことをとてもよく知っているジョゼや、執拗なほどペイスについて情報収集しているレーテシュ伯などから見たとして、ペイスがわざわざ王都で国軍にまで根回しし、王家にまで話を通すほど準備に手間をかけた事業が、幾ら魔の森だからとはいえ〝ただの開拓〟で済むように思えるだろうか。

賢明なる女傑にしてみれば、そんなはずはないと即座に否定してみせる内容だ。

今までも散々にやらかしてきているペイスが、自分から率先して動き回っていることでただの開拓だというのか。はっ、と鼻で笑ってしまう。

ただの開拓で済まないというなら、何があるだろうか。

少なくとも一つ二つの村を作って終わり、ではないはず。

最低でも辺境伯家や伯爵家の間を拗(こじ)らせ、二家から恨まれる可能性すら些事に思える利益を見据えて動いたに決まっているのだ。

つまりは、魔の森の全体からすれば僅かなエリアを開拓するというのは、もっと大きなことの手始めに過ぎないに違いない。

ならば、領民募集というのはあくまで通過点。今後も美味しい話が発掘されるはずだと考えた。

魔の森の開拓を進める自信があるのだと、見切っているともいえる。

開拓が成功すれば、関連する利権や利益は涎が出そうなほど。今手をつけている小さな駐屯地だけでも、それはそれは香しい香りを放つ。貴族家を経営する人間ならば、見過ごすには惜しい利権が幾らでも転がっている。

例えば、将来確実に重要な軍事拠点、開拓の中心となるであろう町の一等地を早々に押さえる、といった利権。或いは、開拓されるであろう魔の森の土地を、農地として借り上げるといった利権。

流通、税、投資、権利。いろいろと狙いどころはあるだろうが、総じて言えるのはこれらの利権は早い者勝ちということ。既得権のないうちに手を出し、既得権を手にしたものが勝者になるということだ。

早めに動けば、それだけ将来美味しい思いができるはず。

主に南部の街から、強(したた)かな連中の息のかかった人間が送り込まれる為に人数が増えた。

「レーテシュ伯なんて、うちの領民募集が出る前から、候補になりそうな人を領内から見繕って準備していたそうです」

「……恐ろしいほどこちらの動きを見透かしているな。敵にしたくないものだ」

「開拓に手をつけた以上、必ず領民募集や移民の受け入れがあると見越していた訳です。信頼されているんですかね？」

「お前なら必ずやると思われていたのかもしれん。だとしたら、準備の良さも頷ける」

いざ、開拓が上手くいきそうなので領民募集と声をかけたら、待ってたわと言われて百人規模の領民希望者を紹介してくる。

レーテシュ家とモルテールン家の関係性を知らない人間からすれば、何処まで先を見通していたのかと怖くもなるだろう。

まあ、あの人ならそれぐらいしてくるでしょう、と受け入れるペイスやカセロールの、肝が太いだけである。

「更にもう一つ」

「まだあるのか」

「あるにはあるんですが……」

若干、ペイスが言いにくそうにして口ごもった。

割と物言いのはっきりしている息子には珍しいとカセロールは怪訝そうにするが、ペイスの言葉を続けたのは、一緒についてきていた従士長だった。

「坊が貰った『龍の守り人』の称号の効果でさあ。ご利益覿面ってやつで」

「ほう？」

シイツの言葉に、息子を揶揄う雰囲気を感じたカセロールが、シイツに続きを促す。

「新しい村のできる場所が、龍の出てきた魔の森。責任者が国内で唯一龍の名を冠した称号を持つ坊。これはもしかすると龍のことで何かあるんじゃねえか、ってぇ山師がわんさか」

「……頭の痛い話だ」

大龍が、膨大にして莫大な富を生んだことは、この国の貴族なら誰でも知っている。一般人も、金額の具体的な想像まではできずとも、龍を倒したのだからさぞ凄い褒美をもらったに違いない、ぐらいは考える。

誰から見ても、大龍というのは伝説に謳われる恐怖の権化であると同時に、金をも超える富の塊だ。あやかりたいと考える人間は、腐るほどいるだろう。

皆が皆、モルテールン家が大龍討伐で大儲けしたという話を聞いたところで、そのモルテールン家が〝龍の居た〟魔の森に人手を募集している。

これは一発逆転、自分も大儲けできるんじゃねえか、と考える者も出る訳だ。

ましてペイスが龍の守り人という称号を授与されている。

ペイスが率先して動くことに、龍が絡んでいるんじゃないかと予想するのは至極当然だ。

「まっ、四百って数字がでけえことは事実だな。予想以上ってだけで、少ないよりは遥かにマシってもんで」

「たしかに、人手の多いことは良いことだし、いずれ人は増やすつもりだったんだ。この際、ペイスに頑張ってもらうか」

「賛成」

「僕がしんどくなるだけじゃないですか。横暴ですよ!!」

カセロールたちは、たまにはペイスも苦労するべきだと笑い合った。

## 魔の森のお天気詳報

魔の森の奥。

光の届かぬ暗闇の中。

異様な音がこだまする。

聞きなれない、それでいて音節をもって流れる音。いや、声。

異常というのなら、これほど異常なこともない。

「ハイホー、ハイホー」

異常の原因は、お菓子馬鹿であった。

陽気な声ではいほーはいほーと歌いながら体を動かす。

「何ですか、それ?」

若手従士のバッチレーが、疑問を呈する。

「きこりの掛け声?」

「なんで疑問形なんすか」

ペイスは目下、樵仕事中である。

訓練にも丁度いいからと、自ら率先して力仕事だ。

斧を持ち、直径が数メートルありそうな巨木を切り倒す。

カンカンと楔を使い、或いはガンガンとばかりに斧の刃を木にぶちあてる。流石に市井では出回らないほどの大木ともなると、一本切り倒すにも半日がかり。

天気は晴れ時々獣。所によって魔獣が襲ってくる陽気なお仕事。

「また来ました!! 今度も狼です!!」

部下が、大声で叫ぶ。

樵仕事の皆にも聞こえるように、絶叫にも近い叫び声である。

「大きさと数は?」

「馬ぐらいのが二十!!」

馬といえば、体重も数百キロはある動物。

騎士にとっては最も馴染み深い動物であり、基準となりやすい。

部下が馬ぐらいと叫んだのは、どれぐらいの大きさなのかが咄嗟に分かりやすいからだ。

人よりも遥かに大きいであろう獣。それも、群れで狩りをする肉食の獣。

普通の人間であれば、荷物も何も放り投げて、一目散に逃げねば死ぬ。殺されて餌にされる。

普通の犬でも、本気で戦うと人間は勝てないといわれるのだ。狩りを専門とする獰猛な相手ともなれば、戦うのは愚策である。

普通ならば、だが。

「それなら、訓練に丁度いい。バッチ、出番です」

「うぅ……なんで俺ばっかり」

軍の指揮を任されている若手が、軍の態勢を整える。

今の指揮官は、バッチレー。モルテールン領軍並びに国軍の指揮を任されるという大役を担っており、若手や後輩からは羨ましがられている。

当人は、重責と仕事の大変さに内心で救援を求めているのだが、可愛い子には無一文で旅をさせ、我が子は千尋の谷に投げ落とすのがモルテールン家の初代から続く教育法だ。鍛えに鍛え、更に鍛える。試練はむしろご褒美。

若手の幹部候補生と目されるバッチを育てる為にも、ペイスは育成に手を抜かない。

「一班、迎撃態勢、三番!!」

「しゃあ!!」

端的で短い指示に、バッチ指揮下のモルテールン領軍がさっと態勢を整える。

「二班も一班後方に備えよ。迎撃態勢同じく三番!!」

「了解です」

綺麗に隊列を整える兵士たち。

短い指示であったが、出来上がったのは円陣。シンプルに防御に優れた陣形といわれている。

全方向からの攻撃に対応して守りを固め、どこからの攻撃にも対処できる基本戦型とされているものだ。

そして、円陣の中には七人の若手従士。

彼ら、彼女らは、味方の円陣に守られた上でやらねばならないことがある。

ずばり、魔法だ。

モルテールン領軍が魔の森を開拓できている最大の理由が、この〝大勢の魔法使い〟の集団運用にあることは明らか。

「魔法、最奥のデカブツを狙え。合わせろ!! 3、2、1、放て!!」

バッチの号令と【発火】の魔法が飛び出した。

ごうと音をたてて立ち上がる火柱。

鬱蒼として暗かった森が、眩しいほどに明るくなる。

「おお、相変わらずこの魔法は凄い」

「神王国でも有名な魔法ですからね」

最奥という指示の元、恐らくは群れのボスと目される一頭が複数の【発火】の魔法によって焼かれる。

一つ二つなら魔法でも避けられるかもしれないが、同時に幾つも火が起きれば逃げるにも逃げられない。

距離にして二十メートル程は離れていた場所に立ち上った炎の熱波が、やや遅れて兵士たちにも届く。

むわっとした熱い風が、獣のいたほうからやってきた。しかも、狼を焦がした臭いが一緒になってやってくる。

いつ見ても壮観だと、国軍の代表としてペイスの傍にいた筋肉マッチョが呑気に評する。

ペイスもペイスで、樵姿で斧を担いだまま、のほほんと見物していた。

バッチが狼狽えて指揮をミスするようならこの二人が尻ぬぐいもしようが、今はそんな必要もなさそうである。

無難に、堅実に、冷静な指揮を執れていた。

やはり、実戦に勝る訓練はないと、ペイスはバッチの成長を喜んでいるが、当のバッチは失敗すると自分も死にかねない為必死である。

「二班、右へ!!　三班は左へ!!」

円陣を組んでいた隊形が、バッチの指揮で形を変えていく。

訓練されている兵士たちに澱みはなく、綺麗に足並みを揃えて動き始めた。さながら鳥が羽を広げるように、陣形は細長い形になっていく。

円陣でも、狼を防いでいた部隊はそのまま動かない為、隊列行動としては一般的な包囲戦術を試みているのだろう。

不意遭遇からの防御態勢、守り切って落ち着いてからの反転攻勢。敵戦力を混乱させてからの包囲戦。

どこぞの教科書にでも載っていそうな、マニュアルどおりの戦い方だ。

「お？　やはりアレが指揮していた個体だったのか。狼が目に見えて混乱してますね」

「ふむ、欺瞞ではなさそうだな」

ペイスとバッツィエン子爵の観戦評は、百点中九十点といったところだろうか。

魔法の発動が少々バラついたところと、バッチが自信なさげなのを除けば、上々の指揮っぷりである。

更に、子爵はじっと観察を続ける。

これが狼相手ならば心配要らないのかもしれないが、混乱しているのが演技の可能性もあるからだ。

相手が人間であったなら、混乱して撤退した振りをしておいて敵をひきつけ、足並みを乱したところで反攻といった戦術もあり得る。

欺瞞撤退戦術は運用こそ難しいが、決まれば強敵相手でも痛撃を与えられるのだから、戦況が有利だからと油断している人間は足を掬われるだろう。

狼がそこまでの戦術を使うとはとても思えないのだが、そういった油断が死につながるのが戦場というもの。

知恵のある獣がいないと、何故言い切れるのか。油断大敵である。

「お？　包囲ができたようですね」

「拙いな……右翼がどうにも遅れた」

「足元が悪かったようですね。森の不整地ですから、完璧に左右で足並みを揃えるのは難しいので

は？」

「そうかもしれんが、だとしたら左翼がもう少し気遣うべきだったかもしれん」

「なるほど。流石の御見識です」

狼の集団が、兵士たちに囲まれて閉じ込められる。

といっても、馬並みに大きな巨獣を囲っているのだ。相手にする兵士としては、肝が冷えっぱなしのはず。

「魔法、牽制、順に連続。３、２、１、放て!!」

囲みを作り、槍を構えて牽制を続ける中で、また【発火】によって炎が上がる。

ボスらしき相手を焼いた時とは違い、一人ずつが順に魔法を使っていく。

これで、狼は何がしか行動を起こそうとする度に、動いたその個体が焼かれるようになる。じわじわと、群れを少しずつ削っていくような戦い方。

一班七人、一巡りする間に、最初に魔法を使った人間ももう一度魔法を使う準備ができていて、最後の一人が魔法を撃った後に続けて、最初の一人がまた魔法を撃つ。

間断ない、魔法の連射体勢の出来上がりである。

モルテールン家の考案した、魔法を最大限活かした戦術。子爵などは殲滅魔法陣と名づけたようだが、ペイス的には紛らわしそうなので特殊包囲陣形と呼んでいた。

「撃ち方止め!!　総員、警戒態勢に移行!!　二班はそのまま、三班、戦果確認急げ!!」

「お？　終わりましたか」

群れの最後の一匹がローストウルフになったところで、魔法の攻撃も止まる。

隊の一部が早速とばかりに焼かれた狼を集め出す。

七人がかりでも引きずるのがやっとの巨大な狼である。何かに使えるかもしれないと、討伐の度に後方に送られている。

毛皮などはなかなかに良い値段で引き取られるらしいのだが、焼け焦げている部分はマイナス。

今回は流石に焼きすぎているようだ。

「ペイス様、報告です。大型の狼と思われる敵を排除致しました。軽傷が二名。重傷者、死者共になし。任務継続には支障ありません」

「結構」


ペイスがこの場にいたわけなので、バッチの報告は形式上のこと。

しかし、自分の勝手な判断で上司に報告しないというのは許されないので、バッチは訓練どおりにペイスへ被害報告と戦果報告を行った。

かるく頷いたペイス。

戦った兵士たちは、早速とばかりに焼けすぎた狼を埋めている。【掘削】の魔法が活躍するのが土木作業というのは皮肉である。

戦った後始末もやらねばならないのは、兵士の辛い所だろう。

「さて、続きと行きましょう。村を大きくするためにも、森林の伐採と土地の整地。そして土壌改良と防壁設置。水路建設に道路敷設。やることはまだまだいっぱいありますよ!!」

「……休暇欲しいっす」

晴れ時々獣。所によって魔獣。

今日は一日過酷な実戦が続くでしょう。

## ナイスなアイデア

「畜生が!!」

「怯むな。あと少しで倒せる!!」

「一班魔力切れ!! 重傷者が三人!!」

「二班と交代。絶対に死ぬなよ!!」

大声が飛び交う。

戦場での油断は命取りになるだけに、皆が皆真剣である。

何時間も戦い続けた時。

そして危機が去ったと確信した時。

歓喜の鼓動は天をも焦がす。

「やった!! 倒したぞ!!」

重傷者多数。軽傷を入れると無傷の人間のほうが数える程という激戦の後。

指揮官は、戦いの痕跡に素直に喜べずにいる。

「街道がボコボコで穴だらけ。水路が壊れて水浸し……。これ、どうするんだろう」

指揮官バッチレーの憂慮（ゆうりょ）は続く。

その日、モルテールン領々主代行ペイストリーは、執務室で部下からの報告に顔を顰めていた。

「魔の森駐屯地への街道で、襲撃……ですか」

「ああ、そうらしいですぜ」

報告をまとめた従士長シイツも、ペイスと同じく渋い顔をしている。

領主代行を補佐し、従士を取りまとめるのが従士長の役職だが、悪い知らせを伝えるのは何時だって嫌なもの。

できることなら景気のいい朗報だけを報告する仕事であってほしいものだが、そういう願い程裏切られるようにできているのが世の中というもの。

だいたいが、悪い知らせほど急ぎで知らせなければならない重要な話だったりするものだ。

「全く、問題ごとはなくなりませんね」

ペイスは、椅子に座りながら手を頭の後ろで組みつつ上にあげ、ぐっと背を反らせながら背伸びした。気が滅入る報告というのは、肩が凝ってしまう気がする。

ストレッチで体をほぐしつつ、報告の続きを待つ。

「そりゃ坊が問題を作ってる人間だからでさぁ。俺も早いとこ、問題に頭を悩ませねえ暮らしがしてえです」

「実に不本意な評価ですし、シイツを手放すのはまだまだ無理ですね。後継者もいないので」

部下からの報告とは、街道に発生した重大なトラブルについて。

主たる報告者は領軍代理指揮官バッチレーだが、同じ報告が国軍のバッツィエン子爵をはじめ金庫番ニコロやデココ商会頭からも上がっている。

最前線を預かるバッチレーや子爵からだけでなく、後方での補給や物資調達を担当していたニコロや、実際の物資調達でモルテールン家と連携を取るナータ商会まで報告をあげてくるのだから、ことは重大事案。

報告内容は、目下のところ開拓の最前線となっている駐屯地と領都ザースデンの間の街道が、使えなくなったという報告だ。

「若手も育ってきてるでしょうが。今回のバッチもいい仕事してるじゃねえですか」

「まだまだですよ。それで、襲撃は現在も続いているのですか？」

街道は、軍人だけでなく民間人も使う。

むしろ、新しい街道については民間利用を主目的に整備したものだ。

被害が民間に出たとすれば、放置することはできない。何としても元凶を取り除かねば、また同じような被害が起きかねない。

敵の存在によって街道が使えない状況を座視するわけにはいかないのだ。

「襲撃自体は、国軍も動いたことで解決しました。しかし、ことの重大性に鑑みて至急の報告をとそれぞれに考えたようですぜ」

「確かに、至急の報告をあげてきたのは良い判断だったと思います。それに、問題が解決したという報告ならば朗報でしょう」

「まあ、確かに」

シイツの報告は、今のところ最悪の事態にはなっていないということであった。

敵が街道で暴れ、道路が使えない状況を既に解決できたというのなら喜ばしい。

「襲撃の原因とは何だったんですか？」

「どでけえイノシシだったって話ですぜ」

「それはまたまた。普通に出てくれればお肉にして美味しく食べてあげたのですけど」

「そう言えるのは、坊ぐれぇなもんでしょう。三階建ての家ぐれえデカかったと報告がきてます」

「……魔の森産の獣ですね」

「そりゃまあ、そんな馬鹿みたいな大きさのイノシシが、そこらにいてたまるかって話でさぁ」

報告では、襲撃を行ったのはイノシシと断定されていた。

実際に兵士が戦ったのだが、その際には被害も少なからず出ている。

魔法部隊の活躍があって撃退が適ったということだが、普通に戦っていれば死者続出の大惨事だったに違いない。

「話を戻して、経緯を説明すっと……ことは、うちのニコロの買いつけた食料を、駐屯地に運ぼうとしていた時に起きやして」

「ふむ。食料の中身は生鮮食料品でしょうか？」

「らしいでさぁ。焼きたてのパンやら、果物やらも積んでたってことらしい。何をどれぐらい積んでたかは、ナータ商会からの被害報告に詳細が……ああ、これだ」

シイツが、ぺらりと紙を渡す。

ずらずらと物資の名前と量が記載されているもので、内容自体はニコロが買いつけた物資一覧である。

そこに、どの品目がどれぐらい駄目になったかを書き足して、被害報告としたらしい。

「なるほど。開拓地の入植に先立って、いろいろと運んでいたんですね」

「ええ」

街道を使って物資運搬を行うのは、モルテールン家では民間委託を行っている。

そこまで回す人手がないからというのもあるし、わざわざモルテールン家で一旦引き取り、ザースデンあたりで荷を移し替えて集積して再度積みなおして開拓地に運ぶ、などと手間をかけるより、必要とする現地までさっさと運んでもらったほうが全体として効率的だという面もあった。

最近は入植者も増えそうだという情報をナータ商会に回したことで、物資搬入の頻度が増えていたという報告も受けている。

「そこをイノシシが嗅ぎつけて、襲った……ってことでしょうぜ」

「イノシシは鼻が利きますからね。きっと御馳走が歩いているように思えたのでしょう」

襲われた場所は、魔の森の外縁部。開拓している場所のすぐそばであったらしい。

駐屯地そのものは無事だったらしいが、化け物のような獣が現れたことで騒然となったとのこと。

幸いであったのは、モルテールンの精鋭部隊が駐屯していて、すぐに対応できたことだろうか。

「駐屯部隊が撃退に動いて、戦ったわけですか」

「最初は国軍が動いたってありますぜ？」

「国軍がわざわざ出張っているのは、まさに今回のような時の為ですからね」

「騎士の義務ってやつですかい」

神王国は騎士の国。弱きを助け、正義を旗印(はたじるし)に悪と戦い、強きを挫くのが戦士の生き様、とされている国だ。

民間人の、自分の身を自分で守れない者。騎士の生活を支える側の者たち。彼らを守る為に戦うというのは、騎士としての本分だ。

国軍がわざわざモルテールン領に出向いて魔の森に駐屯しているのも、いざというとき魔の森からの〝何らかの脅威〟から、民間人を守る為である。

つまり、今回の襲撃のような時だ。

だが、実際問題として超巨大な化け物イノシシに対して、国軍は時間稼ぎが精一杯だったらしい。

モルテールン領軍の魔法部隊と連携してようやく驚異の排除に成功したものの、一部には重傷者も出たとの報告。

しばらくは国軍も動けなくなるという話だった。

「バッツィエン子爵は、ぴんぴんしてるらしいですぜ」

「あの御仁も歴戦の将ですし、実力は本物ですからね。シイツも親戚として頼もしいでしょう？」

「やめてくだせえ。嫁の実家とはただでさえ面倒くせえ付き合いなのに、気が滅入る」

「そうは言っても、親族なのは事実ですし」

シイツが、ペイスの言葉に嫌そうな顔をした。

何故かシイツをはじめカセロールやペイスはバッツィエン子爵家に気に入られていて、シイツなどはバッツィエン子爵家所縁（ゆかり）の女性を伴侶にしている。

子供まで作っているのだから、最早身内と言っても良いだろう。

シイツ自身は、頭の中が筋肉一色のバッツィエン子爵家には近づきたくないのだが、向こうから寄ってくる。因果なことだが、シイツも数奇な人生を送っているのだ。

「ごほん。それで、バカデカイノシシが大暴れしたせいで、街道や水路に甚大な被害が出たってことでさぁ」

「……大問題じゃないですか」

「だから、最初っからそう言ってるでしょう」

今現在、魔の森――ザースデン間の街道は使用不可である。

水路の一部が破壊され、街道も散々に荒らされたうえに水没。

復旧を進めているものの、すぐに使えるようになるわけでもない。

街道も水路も封鎖された影響で、駐屯地は孤立した。

情報伝達の手段は魔法でいくらでも可能なのだが、物資の運搬はしばらくはペイスの【瞬間移動】に頼るかもしれないと、報告には書いてあった。

「更に問題なのは、これで終わりとは思えねえってことでしょうぜ」

「たしかに、シイツの言うとおりですね。今回のイノシシが、食料運搬の匂いにつられて出てきたとするなら、今後も似たような問題は起きるでしょうし、次もイノシシとは限らない」

「……民間人に被害を出すわけにゃあいかねえですぜ？」

「勿論です」

今回の問題で一番頭が痛いのは、イノシシに襲われた原因が食料運搬にあるという推測。

仮に推測が事実だとするなら、魔の森の中で食料運搬を行った場合、獣の襲撃が今後も十分あり得るということになる。

たまたま駐屯地の近くで襲われ、対応が即座に間に合ったから良かったものの、一歩間違えれば運搬していた人間は全滅ということもあり得た。

同じ轍（てつ）を踏まない為にも、対策は急務だ。

「やはり、ザースデンと魔の森村を結ぶには、普通の道路じゃダメっすわ」

「むむむ」

魔の森の開拓。

一見すれば順調そうに見えるのだが、トラブルというのは必ず起きる。

そう簡単に開拓が進むのならば、今までの貴族は何をしていたのかという話だ。

「道路を作っても、まともに通れなければ意味ねえでしょ」

「……常時、国軍の護衛をつける訳にもいきませんしね」

「領軍も無理ですよ。ただでさえうちの人的資源枯渇は深刻なんですから」

「魔の森の魔獣は、半端な人間では餌になってしまう。〝精鋭部隊〟を用意するには、コストが嵩む……」

「坊の【瞬間移動】でってのは？」

「僕が常に運び続ける訳にもいかないですし、流石に〝魔法の飴〟もそこまで大々的に使えばあちこちにバレますよ。運ぶのはナータ商会専従って訳にもいきませんし」

「そりゃまあ。街道が使えねえんじゃ、何のための街道整備なんだって話ですしね」

普通に水路や街道で物資を運搬すれば、いつ化け物に襲われるか分からない。

魔法で対策するのがいちばんかもしれないが、それにはモルテールン家がリスクを抱え込むことになる。

理想は、街道を使いつつも獣に襲われなくなる。そんな〝都合の良い〟対策ができることだろう。

どうしたものか。

じっと考え込むペイスと、嫌な予感がヒシヒシと迫ってきたと冷や汗を流すシイツ。

しばらくして、ぱっとペイスがシイツのほうを見る。

「なら、道路を空に飛ばしますか」

「は？」

「街道が地面にあるから襲われる。そもそも襲われない場所に、街道を作ってしまえば良いのですよ。襲われない場所。つまりは、空中です」

「はい？　何言ってるんで？」

ペイスの言葉に、従士長はあっけにとられるのだった。

## 空に架ける

奇人変人、数あれど、モルテールンにペイスあり。

世情に不思議は尽きねども、モルテールンには敵うまい。

今日も今日とて非常識。

いつもどおりの斜め上。

「で、何で俺が呼ばれたんですか？」

「そりゃニコロ、お前の報告があったからだ。坊がまたいつもの病気だ」

「いつもの病気？　今度は何をやらかしたんです？　まだ新人の教育も終わってないうちに、人手の要るようなことは止めてくださいよ。戦争でもやらかすというなら、前線より先に会計部門に戦死者が出ますよ？」

従士長シイツは、会計責任者のニコロを呼び出した。

我らが領主代行ペイスが、シイツでも判断に悩むことを言い出したからだ。

いつもの病気と聞いて、嫌な予感がしてくるニコロ。

そもそも、ペイスがまともだった時期が一度でもあっただろうか。

いや、ない。ニコロはそう断言できる。

モルテールンに雇われて従士となり、会計部門を従士長から引き継いで早幾年。モルテールンの中では古株となりつつある会計責任者であるが、雇われてから今日まで、苦労しなかった年は存在していない。

一年たりとも例外なく、会計部門は激務であった。原因は勿論、お菓子馬鹿の非常識な行動である。会計部門というのは前例踏襲主義であり、何事もなく平穏であることが最善であり、ごく当たり前に収入を計算でき、ごく当たり前に予算を組んで、ごく当たり前に予算を消化し、ごく当たり前に経理処理をし、最後にピッタリ一ロブニの間違いもなく計算が合うというのが理想なのだ。予算計画を狂わせ、経理処理を複雑化させ、急に出費を捻出せねばならず、事後に帳尻を何とか合わせねばならない事態などは、最悪というもの。

悲しいかな、最悪が毎年であるという事実は、ニコロを純朴な青年から、モルテールン色に染まったスレた大人に成長させてしまった。

人員不足甚だしい部署。

今年は流石に増員するということで、ニコロは新人の配属を狂喜乱舞して喜んだ。

これで、楽になると。

目下のところ、新人たちがモルテールン流の会計処理と予算管理を覚えるよう、いろいろと教えている。

彼らが戦力になってくれれば、つまりは突発的な事態でも動じないようにモルテールンに染まってくれれば、ニコロもようやくまとまって休みが取れるようになるだろうし、晴れて婚活もできるようになるのだ。

内勤故に出会いも皆無、華も彩りもない男だけの部署。

ようやく、ようやく普通の生活になるかもしれないというのに、ここへきてペイスの病気が発症したという。

また今年も、無茶ぶりがくる。

新人の教育と同時に、予算をしっちゃかめっちゃかにされてしまうとするなら。断固とした抗議も辞さない構えだ。

「二人とも、病気とは失礼じゃないですか？」

「いいんすよ、事実なんすから。俺も被害者です」

ニコロが、ペイスの抗議にも動じず、開き直る。肩を竦めたまま、わざとらしい溜息までついた。

この図太さが実に頼もしく、またモルテールン家の従士らしいのだが、こうやって頼もしく成長すればするほどモルテールンの重役たちに将来を期待され、後継者候補として鍛えられることになるのだからニコロも災難だ。

「それで、今度は何です？」

ニコロが、ペイスの病状を聞く。

「なんでも、街道を空に作るってよ」

「……は？　ついに夢と現実が分からなくなりましたか。重症ですね。甘いものの食べすぎじゃないですか？」

「ニコロ、お前も大概言うようになったな」

ニコロも、常識というものを知っている。

非常識が日常になっているモルテールン家でも、唯一まともに常識人だという自負。

自分の常識に照らして考えるのなら、道路というのは地面に作るものだ。

これには自信がある。

何度でも反芻するが、道路は地面に作るもの。

それが常識だ。確信をもって断言できる。

「まあ、順に説明しましょうか」

「はい」

ペイスは、自分でコポコポとお茶を用意する。

三人分用意して座るように言ったことから、話が長くなりそうなのだろう。

「そもそも、ニコロの報告にあった、街道での襲撃。あれについてはニコロも詳細を知っていますね？」

「ええ。何でも嘘みたいにデカいイノシシの化け物が出たとか」

「そうです。幸いにして当家の軍が退治できたので問題は最小限に収まりましたが、街道が使えなくなるという状況になりました」

「はい、それは承知しています」

街道の破損と、復旧に伴う封鎖措置は、ニコロも把握していた。

会計部門の責任者として、物資の購買は自分の担当範囲だ。

ナータ商会から物資を買いつけ、駐屯地での受領をもって支払いを行う一連の手順はニコロの管轄する流れ。

流通が滞ったためにものが届かないが、支払いだけは先に欲しい、などという要望が来ていて頭を痛めていたところだ。

詳しい話も勿論聞いている。

「当家としては、街道が使えなくなり、結果として開拓が滞り、駐屯地が孤立してしまう事態は避けたい」

「当然ですね。俺もそう思います」

誰だって、被害が出て嬉しいはずはない。

ましてや領民に被害が出るというのなら、領主やその部下としては防がねばならない事態である。

道徳的な良心としても勿論だが、納税する人間、生産する労働者が減ってしまうのはそのまま、領地の経済に悪影響が出る事態に繋がる。金庫番としても税収に関わる事態は平穏であってほしい。

「そこで、再発防止策を考えた訳です」

「ええ、良いと思います。同じようなことがしょっちゅう起きてもらっても困りますから」

今回は巨大イノシシであったが、今までも巨大な蜂、巨大な蜘蛛、巨大な狼、巨大な鹿などが確認されている。

抜本的な対策を取らねば、また同じように民間人が獣に襲われる事件が起きてしまう。

「だから結論として、街道を空に通すわけです」

「……そこが分かりません。どういう意味です？」

途中までは理路整然としていたはず。

街道で人が襲われた。同じことが起きてもらっては困るから、再発防止をしたい。

ここまでは良い。ニコロも完全に同意できるし、理解もできる。

だから、街道を空に作る。

これが分からない。

「……ニコロ、例えばですが、イノシシが川にかけた橋の下から襲ってくることはあると思いますか？」

「……橋の下から？　まあ珍しいんじゃないですか？」

一体何が言いたいのか。

ニコロは疑問を感じつつも、ペイスの質問に答える。

「橋の高さが凄く高い所にあれば、どうですか。魔の森の木の上ぐらいの高さです」

「そりゃ、襲ってくることはないと思います」

魔の森の木は、そこら辺の森の木よりも高い。

幾ら巨大なイノシシだろうと、ジャンプして森の木を越えることは無理なはず。

ならば、その高さの橋の上を襲うことは、理論的に不可能だ。

「だったら、ザースデンから開拓地まで、その高さの橋をかけ、橋で直接町と繋げば、再発防止になるでしょう」

ニコロもシイツも、ペイスの言わんとすることがようやく分かってきた。

空に道を通すというのは、つまりは手の届かない高さまで街道を持ち上げてしまおうという発想なのだ。

確かに、理論的には可能かもしれない。

深い河に橋を架ける技術は存在する。仮にそこで河が干上がったとして、橋がなくなるわけでもない。

ならば最初から、干上がった河の橋を、街道に沿って作ってしまえばいい。

技術としては既にあるのだから、場所が河でないだけの話だ。

「なるほど、そういうことですか」

「相変わらず坊の考えることはどっかおかしい」

「でも、言われてみると効果的に思えますよね」

「確かに」

ペイスに説明されて、ようやく理解した二人。

通行困難な場所に橋を架ける。

発想としては納得もできるし、理解もできた。通常であれば橋を架けるであろう河川や崖ではなく、普通の平地に架けるという点が違うだけだ。

実現性も高いだろうし、技術的にも問題はない。

いきなり結論を思いつくペイスがおかしいだけだ。

「しかし、普通『道路を空に浮かべましょう』なんて思いつくか？」

ペイスは、現代の知識も持っているからこそ、高速道路に代表されるような「高架道路」の存在を知っている。

しかし、知らない人間からすれば、道路を宙に置くというような発想は奇妙奇天烈に映る。

ペイスとしては常識的なことを言っているつもりなので、非常識という誹りは甚だ不本意でしかない。

「だが、これで〝魔の森の村〟と、ザースデンが安全に行き来できるようになるか」

「村は防壁と堀で守られ安全。いよいよ、入植も見えてきましたね」

「人が入り、産業ができれば……魔の森が宝の山になるぞ」

「うひゃあ、夢が膨らみますね」

シイツとニコロは、魔の森開拓という未来予想図を頭に思い浮かべ、大きな期待を膨らませるのだった。

# 村の名前

ある晴れた日。

陽光が森の一角を明るく照らす。

常に闇に覆われ続けてきた場所が、今日この日から、陽の元に出る。

「完成、ですか。いやあ、やっとここまで来たといった感じですね」

「……ああ、そうですね。へえへえ、そりゃよかった」

「どうしましたシイツ。そんな不貞腐(ふてくさ)れたような態度を見せて」

「不貞腐れたようなじゃなく、不貞腐れてるんでさぁ」

ぶすっとした表情の従士長が、ペイスと共にいる。

二人のいる場所は、魔の森の中に作られた駐屯地。

その中に作られた、広場である。

「仕方ないでしょう。シイツ以外に適任がいなかったんですから」

「にしても、俺にゃあ、女房子供もいるんですぜ？」

「ちょっと長期の出張と思ってください」

「にしても……」

シイツは不満そうな顔のまま。

盛大に愚痴を続ける。

「俺が代官ってなあ、おかしいでしょうよ」

「臨時ですよ。あくまで、正式に決まるまでの」

はあ、とシイツはため息を吐いた。

ペイスが高架道路建設を指示してよりしばらく。

「坊、例のトンでも橋の建設について報告でさぁ」

「シイツ、その呼び方は何とかなりませんか。トンでもではなく、合理的な理由を説明して、貴方も納得したでしょう」

「そうは言っても、道を空に架けるって話をする度に、聞いた人間が全員揃って耳を疑うもんで。いつの間にか定着しちまってますぜ？」

報告事項を持ってきたシイツに対して、ペイスはぶちぶちと文句を言う。

お互いに気やすい関係だからこそ、不満ごとも含めて忌憚なく意見を言い合えるのだ。

ペイスの提案した高架橋。いやさ、高架道路については、魔法を使えることもあって驚くほど急ピッチに建設が進んでいる。

材料は魔の森にいくらでもある木材を使用しているのだが、この木材が下手な鉄骨よりも頑丈で強度があり、建築資材として向いているという事実が判明したからだ。

そうかと思えば木材であるため、酸などで腐食させることはできることから加工もしやすい。

しかも、加工した後に腐食しないように防腐剤を塗布すれば弱点もなくなるのだから、実に使いやすい資源である。

まずは作ってみて、問題があるなら都度改善すればいいというペイスの号令によって、材料現地調達での木製の高架ができつつあった。

ちなみに、木の乾燥は【発火】の使い方が上手い者が、上手に水分だけ飛ばすという芸当をマスターしている。木の伐採に関しても、根っこのところから【掘削】すれば秒で倒せる。

枝打ちも【発火】で焼き切ればよく、魔法使いが如何に反則的なのかをここでもまざまざと見せつけることになった。

国軍からの引き抜き攻勢が強まったのは言うまでもない。

既に完成しつつある高架道路であるが、これについてはモルテールン家中でも驚きをもって迎えられた。

とにかくデカい建造物であるから、遠目からでもよく目立つ。

あれは何なんだと誰もが疑問に思う訳だが、シイツやニコロが最初に「ありゃ坊が考えたトンでもな橋だ」と伝えたものだから、皆が皆トンでも橋と呼ぶようになってしまったわけだ。

「不本意極まりない。いっそ正式名称を決めるべきですかね」

自分の提案が、非常識の塊であるかのように言われるのは嫌だと、ペイスは不満げである。

いっそのこと、正しい名前を決めてしまい、それで呼ぶように強制するべきではないかと考える程度には。

「なんてつけるんです？」

「そうですね……ロード・クロカンブッシュとか、ロード・ブルーベリータルトとか、どうでしょう」

「坊のネーミングセンスのなさったらねえですね」

「何故ですか。良い名前じゃないですか」

「どこがです。長ったらしい名前ですし、馴染みのねえもんの名前をつけても、意味ねえでしょうよ。結局みんな、トンでも橋と呼びますぜ？」

「むう」

確かに、シイツの言うことは正論である。

いくら良い名前だろうと、皆に馴染まなければ意味がない。皆が覚えられないような名前なら、結局愛称や俗称で呼ばれることになるだろう。

つまりは、トンでも橋だ。

「じゃあ、馴染みのあるものを先につけた名前なら、良いんですね？」

「まあ、さっきよりマシになるんじゃねえですか？」

「シイツロードやカセロールロードというのはどうです。いい名でしょう」

「俺の名前をつけるなんざやめてくだせえ。あんなトンでもに俺の名がついたら、俺が誤解されちまうでしょうが」

「失礼な!!」

「事実でさあ」

シイツの言葉に憤慨するペイスだが、この場合はシイツも譲らない。

例えば、ナメクジやらアメフラシやらのように気持ち悪い生き物に、自分の名前をつけられ、気持ち悪いものを指さして自分の名前を呼ばれるところを想像すると分かりやすい。

最早イジメかと思うレベルだろう。

シイツにとってみれば、得体のしれない、前代未聞の、訳の分からない建造物は、自分の名前をつけることに抵抗する程度には気持ち悪いものなのだ。

「じゃあどうすればいいんですか」

「果物の名前でもつけりゃ良いんじゃねえですかい?」

「なるほど!!」

シイツにしては良い提案だと、これまた失礼なことを抜かすペイス。

じゃあ、どういうフルーツにするべきか。

「じゃあ気まぐれに……オレンジロード」

「駄目でしょうそりゃ」

「何故?」

ペイスの思いついた名前にシイツが反対を表明する。

「オレンジなんてもんに、馴染みがねえです」

「むう、じゃあボンカロードか、ベリーロード」

「ボンカが良いんじゃねえですかい？」

「じゃあ、決まり。あの高架道路は、ボンカロードとします」

「へえへえ。好きにしてくだせえ」

半ば投げやりな従士長の提案もあり、高架道路は無事に名前が決まった。

ボンカであれば、アップルパイを作ったことで領民にも馴染みがある。

領内に輸入もされていて、庶民でもたまに食べることがあるという。

正式名称で呼ぶように通達しておけば、そのうちボンカ橋とでも呼ばれるようになるはずだ。

ペイスはうんうんと満足げに頷く。

「それで、あの橋ができたらいよいよ村開きですかい？」

「橋ではなく道ですよ。〝ボンカロード〟です。それができれば、そうなるでしょうね。既に村としての体裁は整ったと報告がありましたら。村開きを行って、村民の入植を始めないと」

「入植者は決まったんですかい？」

「かなり選別に揉めましたが、何とか六十人ほどに絞りましたよ。予定よりちょっと多いですが許容範囲でしょう」

現在、魔の森の駐屯地は高架道路とあわせて同時並行で整備が進められている。

全体を守る壁は、囲う範囲を大きくしたうえで入念に分厚く、そして高くした。ちょっとやそっとの相手では絶対に崩せないような頑丈さで、領都であるザースデンの防備より手厚いほど。堀もかなり深くしたうえで幅も広くとり、水を蓄えて守りを手厚くした。仮に化け物イノシシが出ても、堀で足を取られること間違いなし。城壁を越えることも無理だろう。

また、水路として駐屯地まで引いていたものを上下水道として整備して、居住性の向上と衛生管理の徹底を行った。

共有の倉庫を設けて、五十人ならば一年籠もれる程度の食料も蓄えており、人数が予定より増えたところで、半年以上は籠城できるように準備はできた。

あとは、高架道路から下りることなく防壁を越え、駐屯地に下りられるようになれば完璧。

一切地面に下りることなく、つまりは外敵に襲われる不安を持たずに、ザースデンから駐屯地まで移動できるようになる。

「あのトンでも橋の名前で思い出しやしたが、あの村の名前はどうします？」

「ボンカロードです。そうですね……良い名前の候補を募集してもいいと思うんですが」

「勝手につけさせると、他所から来た連中が〝自分たちの村〟だと、自治権を要求し始めますぜ？」

「……外部からの入植者なら、それぐらいは警戒しておいたほうが良いですか」

新しい駐屯地の村に入植するのは、神王国各地から集まった者たち。

モルテールン領開拓初期の入植と違うのは、新しい入植者は別に生活に困って移住するわけではないということだ。

いろいろと思惑を胸の内に秘め、あわよくば成り上がってやろう、一攫千金を当ててやろうと考えている人間が多い。

そんな者たちに、村の名前という大事なものを任せる。名前を自分たちでつけるなら、自分たちのものだという所有欲も出るだろう。

シイツの考えは、考えすぎかもしれない。しかし、ちょっとペイスが頑張って名前をつけるだけで防げるリスクだ。

だったら名前をつけないのは怠慢だろう。防げるリスクは事前に防いでおくのができた領主代行というものである。

「では、チョコレート村にしましょう」

「……聞いた俺がバカでした」

ぱっとペイスがつけた名前は、チョコレート村。

最早ネーミングセンス云々の次元ではないとシイツも匙（さじ）を投げた。

今更ながら実感する。我らが次期領主の頭の中は、お菓子のことでいっぱいなのだと。

どうせ、名前が必要だったのだ。そのうち溶けてしまいそうな名前だったとしても、そのまま使うことに決定した。

じゃあ、そういうことでといろいろと雑務に入ろうとしていたシイツ。

そんなシイツを、ペイスが呼び止める。

「あ、それと、取り急ぎ代官が決まるまで。臨時の代官を、シイツにしてもらいますね」

「はぁ!?」

「心配しなくとも、短い間だけですよ。当てはありますから」

「そんなもん、保障もねえでしょうが」

「保障があるかどうか。神のみぞ知るってところですかね」

「横暴でさぁ!!」

ペイスの言葉に、シイツは猛烈に抗議を始めるのだった。

## 社会常識と非常識

「義兄上、お久しぶり、というほどでもありませんが、お邪魔します」

「ようこそ。いつでも歓迎するよペイス。何なら、もっと頻繁に来てくれていいからね」

ハースキヴィ家のお屋敷のエントランス。

義理の兄弟として挨拶を交わすハースキヴィ準男爵家当主ハンスと、モルテールン家次期領主ペイス。

普段であれば二人の間には親密な雰囲気が流れているのだが、今日は若干緊張感が漂っている。

ほかならぬハンスが、ペイスに連絡をしてきてもらったからだ。

忙しいペイスを呼びつけておいて、普通の用事という訳にはいかない。

「立ち話もなんだ、お茶でも用意させようか」

「お気遣いありがとうございます。お茶は最高級品でお願いします」

「ははは、相変わらず遠慮がない。普通はお構いなくとでもいうんじゃないかな？」

「構ってもらいたくて来てますので」

あははとお互いに笑いながら、応接室に移動する。

応接室には、見慣れた女性が待っていた。

「ペイス、いらっしゃい」

「ビビ姉様、お邪魔します」

「いつでも来てくれていいのよ」

「ははは、ビビ。それはさっき私も言ったよ」

ハースキヴィ夫妻に勧められて、椅子に座るペイス。

「最高級品をご所望だったから、とっておきのお茶を用意した。我が家で用意できる、最高のお茶だよ？」

「これは……モルテールン産の豆茶ですか⁉」

「そのとおり。やはり慣れ親しんだものはすぐにわかるかな」

「これが最高級品と言われてしまうと、何も言えませんね。義兄上に一本取られましたか」

「天下の神童からの一本というなら、家宝にするべきかな」

最高級のお茶をとペイスが冗談めかして要求したことに対して、最高級のお茶だとモルテールン産のお茶を出す。

実にウィットに富んだ挨拶である。

ハースキヴィ家のハンスもペイスの扱いに慣れてきたということだろうか。或いは、ビビの入れ知恵だろうか。

どちらにせよ、義兄弟の家の当主が頼もしく成長しているというのならペイスにとっては喜ばしいことである。

「それで、今日の御用事は？」

「……薄々察しはついていると思うが」

「コローナ嬢のことですね」

「ああ。彼女の結婚相手について。改めていろいろと各所に相談してみた」

「いかがでした？」

ペイスの問いに、ハンスは渋い顔をした。

そもそもコローナ＝ミル＝ハースキヴィという女性は、結婚をさせようと周りが動いて大失敗してしまった過去がある。結婚する予定だった相手の男を公衆の面前で無様なまでに叩きのめしてしまい、自分より弱い男とは結婚したくないと言い放った剛の者。

今でこそモルテールンに馴染んで多少は柔軟な思考もできるようになってきたが、それでも生来の生真面目さや無骨さがなくなった訳ではない。

良妻賢母を是とする神王国の価値観からすれば、大分結婚相手としては点数が低くつけられてしまう女性だ。

時代が違えばモテていただろうモデル体型の高身長美人なのだが、神王国の美人評ではあまり好まれない。少なくとも結婚相手として選ばれにくい性格と気質なのは、ハンスも承知するところ。

加えて、既に二十歳を超えている。この世界であれば、結婚適齢期を過ぎてしまっている年齢。薹が立っていると俗に言われてしまう年である。

貴族社会において結婚というのは、家の存続、子孫繁栄を目的に行う。子供が居ない家は非常に不安定となってしまうことから、結婚したなら子作りが必須で求められる。夫婦で子供を作ろうとするなら、当然男女どちらも若いほうが結婚相手として好まれる。適齢期を過ぎていればだが。若いほうがより子供を産むチャンスは多いと考えられるし、健康な子供が生まれやすいと信じられてもいる。

年嵩の、暴力的な、夫にも逆らう、家格も低い女性。

更に過去に失敗している前科があるとなれば、どうしても色眼鏡で見られるし、厳しい査定をされてしまう。

「一件だけ。当人同士を会わせてみてから考えたいという返事を貰えた」

「ふむ、お見合いですね」

ただ、ハンスがペイスを呼んだのは、それでも本人を見てから決めていいというなら、会ってもいいと言ってくれる相手が居たからだ。

最近話題のモルテールン家の親戚であり、領地替えの噂もあるハースキヴィ家の親戚の娘というならば、という打算の上にも打算の政略結婚であるが、結婚は結婚。

政略結婚して幸せになった夫婦などというのはいくらでもいるので、形に拘るよりも相手との相性に拘ったほうが良いと、ハンスはペイスに相談する。

「この話がうまく纏まってくれればと。ご協力願えようか」

「勿論です。当家にとっても意味のある事。ぜひとも協力しましょう」

ペイスは、最善を尽くすと約束した。

「本日はお日柄も良く」

王都の最高級レストランの一室。

王族や高位貴族が利用する場所を、どういうコネで用意したのか。ペイスが最善を尽くすと言ったとおり、手配に関しては完璧に整えられたお見合いの場。

「ハースキヴィ家と御家の御縁を取り持てるのは当家としても光栄なことでございまして、この場をお借りして篤くお礼申し上げます」

場を取り仕切るのはペイス。

女性側の立会人として、付き添っている。

「では折角ですので食事をお楽しみいただきつつ、ご歓談の時間とさせていただきます」

コローナは、ハースキヴィ家に代々伝わる家伝の宝飾品を身に着け、白を基調とした清楚なドレスで着飾っている。

勿論、化粧はモルテールン家も協力したうえで専門家を雇って施したし、髪型も流行りを取り入れつつ小顔に見えるようにセットされていた。

何処から見ても完璧な良家の子女。先ほどから口数も少なく、黙ってじっとしていれば深窓(しんそう)の令嬢に見えなくもない。

食事を挟みながら、両家の探り合いはコアな部分まで及んだ。

相手方はコローナの悪い噂は本当なのかなども突っ込んで聞いて来たし、ハースキヴィ側も何故コローナを選んだのかという事情まで聞いた。

どちらも打算が含まれるものの、お見合い相手そのものは朴訥(ぼくとつ)な青年といった雰囲気。

体型はといえば中肉中背。鍛えられている訳ではなさそうだが、かといって目立つほど太っている訳でもない。背も高いとは言えないが、低すぎるということもない。男前とは言えそうにもないが、かといって醜男(しこお)という訳でもない。丸顔であり、顔つきや雰囲気からは怜悧(れいり)さや英邁(えいまい)さは見て取れないが、受け答えを無難にこなす程度には常識と良識もありそうだ。

純朴そうな、何処にでもいる青年とペイスは評した。

「一つお聞きしても良いでしょうか」

「勿論です。何でもどうぞ」

歓談も終わりそうになったころ。

相手の男から、質問が飛んだ。

コローナは口数少なく黙っているので、ペイスが代わりに応答した。

「〝コローナ嬢〟は、もし結婚して子供ができても、仕事を続けるつもりでしょうか」

「……コローナ、どうですか？」

「そうしたいと思います」

「なるほど、そうですか」

相手方の男が、一瞬だけ表情を曇らせる。

だが、それは本当に一瞬のこと。

もしもそれをコローナが望むのであれば、自分も協力してあげたいなどと話が繋がり、会話は更に弾んでいく。


「なかなか良い相手じゃないですか？」

「……そうですね」

お見合いが終わったところで、ペイスがコローナに声をかける。

相手方の感触も良かったし、ハースキヴィ家がモルテールン家と親しいこともアピールできた。

コローナが大事にされていることもはっきり伝わっただろう。

しかも、婿に来てくれるという条件。

今後、モルテールン領の村を預かり、代官として活躍しようというコローナからしてみれば、何一つとして非のない条件であった。

しかし、コローナ当人はあまり乗り気ではないらしい。

「やはり、今回のお見合いは断ろうと思います」

「何故ですか？」

「どうにも、何か物足りない気がして」

言葉ではっきり言える訳ではないのだが、どこか今のままだと後々まで後悔しそう。

そう、コローナは感じていた。

何がと具体的に指摘できないのだが、何かが足りない。そんな感じ。

「貴女がこの国で〝普通〟に生きていくなら。ここで少なくとも婚約を決めておかねばならないことは分かりますか？」

「はい」

神王国の常識、この世界の当たり前を語るペイス。

女性は家にいて、夫を支え、子供を産み育て、良妻となることを強く求められる社会。

女性の活躍が進むモルテールン家とはいえ、常識がなくなるわけでもない。女性は守るべきものであり、家にいるべきだ、と考える人間は多い。また、それが常識であり〝普通〟なのだと考える人間は、圧倒的多数。

モルテールン家は〝非常識〟が許容されているからこそ、今のコローナの境遇も許されているのだ、というのがこの世界の当たり前である。

ごく普通に、誰にも非難されない生き方をしようと思ったなら。ここで結婚に道筋をつけておくのが間違いなく正しい。

ペイスが諭す道理には、コローナも頷く。だが、そのうえではっきりと口にする。

「この婚約。お断りします」

「……それで、今までの話が全てなくなるかもしれないのですよ？　出世の道もなくなるかもしれない。本当に良いのですね？」

モルテールン家としても、代官職を預けるのならば譜代の従士家に預けるのが常道。

新しく家を興し、跡を継ぐ人間あってのお家であろう。

ここで真っ向から、婚約を否定するのは、モルテールン家としても将来にわたって大きな影響が出る。

もしかすると、コローナに代官をという話も立ち消えになるかもしれない。

そう、ペイスは言う。

「自分は、ありのままの自分でいたいと思います。自分を曲げてまで出世しようというつもりはありません」

だが、コローナははっきりと断った。

それが、自分の道であると、心に決めたのだ。

「その覚悟。見事です。気に入りました」

「え？」

「心が揺れている人間に、重職は務まりません。やはり、代官はコローナにお願いすることにしましょう」

ペイスは、にかっと笑顔を見せる。

「はい……いえ、ぜひやらせてください。目の前の仕事に向き合うことで、自分の中の何かが掴める気がするんです」

「そうですか。貴女が自分の進む道を決められたというのなら、今回のお見合いも意味があったのでしょう」

ペイスは、コローナに対して軽く頷く。

「改めて命じます。コローナ＝ミル＝ハースキヴィ。貴女は、新たな村の代官職を務めるように。有事においては率先して村民を守り、村の為に尽くし、公(おおやけ)に心を砕くように」

「謹んで拝命致します」

その日、モルテールン家の歴史上で初めて、女性の代官が誕生した。

## ふわふわお菓子は二度美味しい

穏やかな昼下がり。

のどかで呑気な雰囲気の漂う、休憩中の執務室。

「村開きも無事終わり、代官である村長も決まり、魔の森の開拓も順調そのもの」

「そりゃよかった。俺も臨時で代官なんぞさせられましたし、決まってせいせいしてますぁ」

「せいぜい一週間ほどでしょう。何度もぐちぐち言わなくてもいいじゃないですか」

「おかげで嫁の機嫌が悪いったらねえ。全部坊のせいでさぁ」

従士長シイツが、しみじみと呟く。

「取り急ぎで片づけねばならないことは、全部片づきましたか？」

「そりゃまあ。早めに片づけねえといけねえ仕事は幾らでもありますが、新しい村の件についちゃ、ひと段落でしょうよ」

「チョコレート村です。さて、そこで、やらねばならないことを思い出しました」

「何です、そりゃ？」

ペイスが、執務室の椅子からすくっと立ち上がる。

シイツには、どうにも嫌な予感が走った。

「マシュマロを、キャンプファイヤーで焼かないと‼」

「……はい？」

こいつは何を言ってるんだ、と言わんばかりのシイツの呆れ顔。

それを確かに見ているはずなのに、あくまでマイペースなペイス。

「この間、マシュマロを作ったじゃないですか」

「ああ、あの妙ちくりんな食感のお菓子ですかい？」

「そう、それです」

先日、魔の森から手に入れた蜂蜜を水飴代わりに使い、マシュマロを作った。

ふわもこととした不思議な食感のスイーツは、女性陣には特に受けた。

女性従士たちだけを集めたモルテールン家の懇親会でも、一際珍しいマシュマロは注目の的であったのだ。

「確かに、マシュマロは美味しいお菓子です。しかし、マシュマロの潜在能力は、ただ単に食べるだけにとどまらない!!」

「あ～はいはいそうですね。お、ジョゼお嬢の健康状態の定期レポートじゃねえか。順調そうで何より」

ペイスは拳を振り上げ、滔々と語る。

マシュマロとは、それをそのまま食べるのも勿論美味しいが、それだけが食べ方ではないのだと。

尚、シイツは既に書類仕事をしながらペイスの熱弁を聞き流している。

「冷やして食べるとまた固めの食感になりますし、温めて食べると柔らかくなる」

「はいはい」

「特に、軽く炙ったマシュマロは熱で蕩けて、全然違った食べ物に早変わりする。その変化の過程をじっと見るのも楽しい。食べてよし、見てよしのスイーツとなる!!」

「はいはい」

「食べる場所も重要です。マシュマロは、室内で食べるのも良し、屋外で食べるのも良しです。特に屋外で食べるなら、焼きマシュマロが最高なんですよ」

「はいはい」

お菓子狂いの異常なスピーチは、佳境に入る。

「つまり、マシュマロがあって、森の焚火があるなら、焼きマシュマロなんですよ」

「俺には、坊の言ってる理屈が微塵も理解できねえです」

「ふふふ、実物を食べれば意見も変わりますよ」

「はいはい」

「じゃあ、行きましょうか」

「ん？　何です、坊」

「だから、話を聞いてましたか？」

「いえ、全然」

「焼きマシュマロの美味しさを体験してもらう為にも、早速チョコレート村に行こうじゃないですか。マシュマロもお菓子もたっぷり持って」

「は？」

行動力は無駄にあり余っているのがペイスという少年。

シイツが話を聞き流していたことを良いことに、強引に新しい魔の森の村に視察すると決めた。

荷物で最初に用意されたのが、マシュマロ。

一体、何を視察するつもりなんだとシイツがぼやいたのは甚だ余談である。

新しい村に着くと、ペイスは早速バーベキューの準備を始める。

駐屯部隊も何をしようとしているのかが分かったのだろう。ウキウキと手伝いを始めて、コンロの準備もあっという間にできた。

最初にペイスがやったこと。

それは、勿論マシュマロを焼くことだ。

「甘ぇ。これが焼きマシュマロってやつですかい？」

「ええ。美味しいでしょう」

「まあ、不味くはねえです」

焼きマシュマロを試食したシイツの意見は、とにかく甘いであった。

砂糖も蜂蜜もたっぷり使われているマシュマロであるから、確かに食べると甘い。火によって蕩けている分、尚更甘みが強く感じられた。シロップを舐めているような感じだ。

美味しいか美味しくないかで言えば、まあ美味しい。ただし、ひと口で良い。

酒飲みのシイツからしてみると、大量に食べたいとは思わない味だった。

勿論ペイスも、そんなことは端(はな)から想定済み。

マシュマロの奥深さを知らしめる、秘密兵器があるのだ。

「そして、とっておきのスイーツが、これ!!」

「何ですかい、こりゃ」

ペイスは、火で炙ったマシュマロを、何やら細工し始める。

出来上がったのは、サンドイッチにも似た小さな食べ物。

「チョコとマシュマロを焼いてビスケットで挟む。スモアというスイーツですよ」

「スモア？」

スモアとは、元々アメリカで生まれたスイーツ。

アメリカのボーイスカウトやガールスカウトでは定番のお菓子となっていて、焼いたマシュマロを、チョコレートと合わせてクッキーやビスケットで挟んで食べる。

語源はＳｏｍｅ ｍｏｒｅ（もうちょっと欲しい）という英語から来ていて、一つ食べるともう一つ、もう一つ食べるとあとちょっとといった具合に、ついつい手が伸びてしまうという子供に大人気のお菓子である。

「やはり、森でのキャンプはこうでないと!!」

森の中でマシュマロを焼くペイス。

その顔には、笑顔が浮かんでいた。

# 第三十四.五章

# コローナ奮闘記

歴史とは、人が生きてきた暮らしの記録。

栄枯盛衰の全てを残し、後世に伝えていくことが歴史という学問の役割であり、未来に対して残す知識の財産だ。

残し、伝えていく歴史には平等に価値があり、優劣もなければ上下もない。可能な限り多くを残し、成功も失敗も先々の糧とすることに意味がある。

モルテールン家においても、それは同じだ。

当主を筆頭に部下たちも記録を残し、後世に知の財産を残そうとしている。

モルテールン家の創設の経緯に始まり、拝領したは良いものの荒廃し乾燥していた土地の酷さ、水がないことの辛さと井戸から水が湧いた時の歓喜、開墾していく過程で起きたさまざまな問題、駆け落ち紛いに結婚した初代当主夫妻の馴れ初めや、それ以降起きてしまった実家との確執、最初に子供が生まれた時の感動、続いて娘が生まれたことと末っ子が男の子であったこと、領地改革とその結果、陞爵や領地加増、大龍騒動から始まる一連のトラブル、などなど。

実近三十年だけを切り取ったとしても、記録せねばならないことは多岐にわたる。

これらは、今後モルテールン家が続く限り伝えていくべき歴史。語り継がねばならない記録。

しかも、記録とは過去にだけあるのではない。今現在にも進行形で発生することもある。

モルテールン家は歴史の浅い家であるが、今日その日、堂々たる一ページが記録されることになった。

モルテールン家で初、従士が村の代官に任命されたのだ。

コローナ＝ミル＝ハースキヴィ。

モルテールン家従士としては先輩格にあたる、長身の女性である。

武家のハースキヴィ家に縁を持つだけあって武道を幼い時より嗜み、そこら辺のチンピラ程度なら片手であしらうほどの腕前。

堅物ともいわれる真面目な性格で、雇われて以降のきっちりとした仕事ぶりや、腕っぷしの強さを高く評価されての抜擢となった。

コローナの抜擢は、異例中の異例。

村を一つ預ける。

これは、村の中だけであれば王様にも近いかなりの権力を持つことになる。軍事、行政、立法にわたる全ての部分で、代官という地位にある者は独自の裁量権を持っているからだ。

代官というものが特別なのは、その地位が統治権の代行者という存在だから。つまり、代官が村の中で行った行政は、基本的に領主以外は覆せない。

そして何より、明確に指示されたことを除けば、事後報告で許されるという点が大きい。いちいち事前に領主へお伺いを立てる必要がない、現地裁量の権限の大きさこそ、代官の代官たる所以。

つまりは村を預けておいて、邪な人間が代官をしていれば、幾らでも不正ができてしまうということ。

だからこそ、普通は能力よりもまず信頼度や忠誠心が大前提。一般的には、代々領主家に仕える譜代の家から代官職を出すもの。世襲にしてあることも多く、歴史ある貴族家であれば大体は村長の職責は世襲だ。

　にも拘わらず、今回の抜擢人事。

　コローナは、外部からモルテールン家にやってきた、いわば外様だ。

　モルテールン家の譜代となればアイドリハッパ家やドロバ家などがあるわけで、そこから代官を選んでも不思議はなかった。グラサージュやコアントローといった当代の家長は信頼度も実力も折り紙付き。忠誠心に疑いようもなく、辛い時代からモルテールン家を支えてきたという実績もある。

　にも拘わらずそれらの家を差し置いて、ハースキヴィ家からやって十年にも満たない、それも女性に対して重職を任せる。

　モルテールン家ならではの合理的だが非常識な人事に、一部界隈ではざわつくこととなった。

　一部界隈。

　一番分かりやすいのは、同じモルテールン家に仕える同僚たちである。


「それじゃあ、コロちゃんの出世を祝って、乾ぱぁい」

「乾杯!!」


　ザースデンに建つ酒屋の一角。

　賑やかな店の中に、喧騒が一つ増えた。

　モルテールン家の若手による、同期の出世祝いである。

　参加者は主役のコローナの他に、ルミの兄で外務官のラミト＝アイドリハッパ、ジョアンことジョアノーブ＝トロン、バッチことバッチレー＝モーレット、モンティことモンテモッチ、ジョームことジョーメッセナリー、ビオことビオレータの七人。

彼女らは、全員が同期という関係である。

同じ時期にモルテールン家の従士になったという意味で、正しく同輩であり、お互いに切磋琢磨してきた仲だ。講義を受けるのも研修を受けるのも同じタイミング。訓練を行うのも同じように行い、特訓をしたとなれば皆で仲良くぶっ倒れたものである。

モルテールン家の訓練は、とても厳しい。それはもう、何度泣きべそをかき、何遍反吐を吐いたことか。

次期領主からして虐待と疑われかねない訓練を日常としているのだ。部下たちも、それに倣うのは当たり前。

辛く苦しい経験を共に乗り越えてきたという点で、モルテールン家の従士はとても強い連帯感を持っている。戦場であっても躊躇せず背中を任せて、命を預けられるほどの連帯と信頼だ。

況や、同期ともなればその感情はひとしお。

同期の一人が、他ではあり得ない大出世をしたというのだ。これは、祝ってやらねばならないと、全員が無理にもスケジュールを揃えて集まった訳だ。

皆が皆忙しい人間。ラミトなどは常に外にいるし、ビオなどは今年の新人教育係で産休明け。他の皆もそれぞれの部署で忙殺を余儀なくされている。

幸いにして彼ら、彼女らの上司が理解のある人間で、有給休暇というものを利用させてくれたというのもあるが、皆で集まるのも実に久しぶりのこと。

乾杯をして、手に持ったジョッキの中身を口にする。

日頃の激務の憂さを晴らすのは、この一杯と言って良い。

「くぅう、うめぇ」

「年々、酒の味が良くなってるよな」

皆が飲んでいるのは、モロコシ酒を水で割ったもの。

エールやワインも飲める酒場ではあるのだが、モルテールン家の従士は不文律としてモロコシ酒の消費に貢献することになっているのだ。

最高級の地場酒。商人たちから取り合いになっているほどの酒を確保できるのは、従士としての正しい特権というもの。産後ようやく飲酒解禁されたビオなどは、主役のコローナ以上にウキウキである。

おまけに、酒の肴はより取り見取り。

腸詰、野菜の酢漬けのような昔からの味も勿論、芋を揚げた料理や、贅沢に卵を使った卵焼きもある。モルテールン家からレシピが流出したと言われている最新の料理の数々ではあるが、出所は一つしかない。

そして、彼女たちはよく知っている。新しい料理の出所が主家の坊ちゃんである限りは、味が保証されていることを。

仕事では無茶なことを言い出すし、仕事の量を増やしてくる悪魔のような上司ではあるものの、舌の良さに関しては誰よりも信頼でき、作る料理の美味しさに関しては不味い料理を一度も作ったことがないと言われている。

モルテールン領が美食の都と呼ばれるようになる日も近いと、もっぱらの評判。

つまり、食べられるだけ食べたい。

今回は、コローナ以外の人間が全員で割り勘。

高給取りとして知られるモルテールン家従士であるから、お高い卵焼きも一人一皿ある。

どれだけ食べたとしても懐（ふところ）が痛むような給料ではない。ならば、あとはどれだけ食いだめできるかという腹の容量の問題。

「やっぱり、唐揚げが最強だな」

モンティが、自分の目の前にある鶏の唐揚げを食べながら言う。

酒に一番合うのは、鶏の唐揚げであると。

「何を馬鹿なことを言ってるんです。ふらいどぽてぃとが一番だと、百年前から決まっています」

「ふらいどぽてぃとって、最近の料理でしょう？　百年前にはなかったんじゃない？」

酒に浮かれて摩訶不思議な時系列を語るジョームと、冷静にツッコミを入れるのはビオ。

二人とも山盛りであったはずのフライドポテトをごっそり消費している。

油で揚げた芋を大量に食っても胸焼けもしないというのは、若さなのだろうか。

軍人という肉体労働者。炭水化物と脂質をどれだけとっても、訓練で消費するから問題ないとぱくぱく食べている。

「いやいや、お前らは分かってないね。グルメな俺に言わせれば、このだし巻き卵こそが至高だ。

ふんわりとした食感の中に、驚くほどの美味しさが詰まっている。この味は、家庭では絶対に出せない」

「出汁（だし）を使った旨味（うまみ）というらしい。うちは珍しい食べ物が多いけど、このだし巻き卵は他領には絶対にないと断言できるよ。それは俺が保証する。卵なんて高級品だから、他所だとそもそもこんなに気軽に食えない。それでこんだけ味が決まってるんだから、もうこれ優勝でしょう」

ジョアンとラミトは、卵焼き派らしい。

出汁の概念が乏しい神王国では珍しい料理であるというのは事実。

卵は割れやすいことから、流通が難しい高級食材であるというのもまた周知のこと。

珍しさという観点から言えば、だし巻き卵はお祝いの時に食べるに相応しい高級料理であると言い張って、ぱくりぱくりと手づかみで食べている。

高級料理だなんだと言いながら行儀悪く食べているのだから、説得力の乏しいこと酔い客の如し。

美味しい料理に美味しいお酒。そして仲のいい同僚たちとなると、酒の進みも早い。

皆が皆ほろ酔い加減になったあたり。

「そんじゃあ、ここらへんでコロちゃんにひと言貰いますか」

「私のひと言？」

「そりゃそうでしょ。今回の主役じゃん。これからの意気込みとか、あるでしょ」

「意気込みか……」

ムードメーカーというのか、飲みの場を盛り上げるのはお喋（しゃべ）りなジョアン。ジョッキを手に持ちながら、コローナに水を向ける。

「与えられた職責を果たし、モルテールン家の隆盛の一助となれるよう粉骨砕身の努力をし、以て後進の模範となるべく……」

「堅いってば」

「相変わらずだなあ。あはは」

自分の意気込みを語らんと、滔々と演説をし始めたところで、茶々が入る。

誰もそんなガチガチの御高説を聞きたい訳ではないし、同期の気安さもあって途中で止められた。

真面目に、言われたとおり意気込みを語ろうとしていたコローナとしては、遮られたことに対して憮然とするほかない。

「コロちゃんは、これからが大変だね」

「ああ。それでも、やってみせるとも」

皆が皆ほろ酔い気分で浮ついている中、コローナはギラリと目を輝かせるのだった。


チョコレート村。

聞くだけでも虫歯になりそうな名前であるが、名づけ親はモルテールン領の領主代行にして稀代のお菓子好き、ペイストリーである。

新しく魔の村に開かれた村。

崖を背にしながら半径一キロほどある半円状の高い壁に覆われ、深さも幅も相当にある堀に守られている村だ。

村というより、城壁都市と呼ぶべき頑丈さだが、これは場所が魔の森であることによる。

開拓中でも幾度となく猛獣や魔物、或いは怪獣と呼んでも良いような凶悪な生き物に襲われたからだ。

蜂や蜘蛛のような虫に始まり、鹿や狼や熊、或いは猿といった生き物。それも、明らかに普通の大きさを逸脱した巨大な生き物たち。蜂でさえ人よりも大きいものであったし、イノシシなどは家並みに大きかった。

魔の森が魔の森と呼ばれる所以。その一端が、襲い来る魔獣であることは間違いない。

人間という矮小で卑小な存在が魔の森で生きる為、徹底して防備を厚くしたのがこの村である。

余の家であれば、家が傾くほどの大金と、延べ何千人何万人もの人員を投じなければ不可能であったろう大事業。

それが、モルテールン家にかかれば一年も経たずにできてしまう。いや、一か月も経たずにできてしまう。

真実を知れば、モルテールン家の底力、得体のしれない実力に恐れおののく。

「すげえ」

ザースデンからチョコレート村に行く高架街道の終点付近。

村を初めて見た男は、思わず呟いた。

彼の名はランブル。

レーテシュ家従士の家に生まれた、次男坊である。いずれ何かあった時の為にと、長男の予備扱いで不遇を囲って早幾年。成人もとうに過ぎ、何なら二十歳の区切りすら数年前に通過している。

パッと見る分には、どう見てもインドア派の文系青年といった風貌。

やや低めの身長に、なで肩。こげ茶の髪は少し伸びていて、目のあたりまで前髪が伸びている。

見た目だけでいえば魔の森という場所からは縁遠そうではあるが、目だけが野望に燃えていた。

この度、レーテシュ伯直々のお声がかりもあって、このチョコレート村に移民として移り住むこととなった為である。

部屋住みの居候が、領主によって直に命を受けた大仕事。

嫌でも張り切ってしまう。

気合もみなぎったままモルテールン領に入って十日程。

歩き続けて、ようやく見えてきた開拓村。いやさ、チョコレート村。

頭に馬鹿がつきそうなほど厳重に守られた様子や、目のくらみそうな高さを走る高架道路に驚くことしばし。

自分は、こんなところで呆けていてはいけないと、気づく。

ぶるんと軽く頭を振り、気合を入れなおした。

「今、モルテールン領では魔の森に村ができている。確かに、これは見に来ないと信じられないな」

ランブルが見る先には、下に広がる大きな城壁都市がある。

一体どれほどの資材が投じられたのだろう。

男は、頭の中で少し計算してみることにした。

一日あたり日当が一人当たり三ロブニ。いや、危険手当込みで五ロブニと奮発したとしよう。これで、月にして三シロットちょっとといったところ。きりよく銀貨三枚。貧乏農家で銀貨一枚程度が月々の生活費なのだから、危険な肉体労働者としてみればそこそこ稼ぐほうだろう。

毎日二百人の人足を一年。十三か月のうち金央月は休みとして十二か月。これで、七千二百シロット、レーテシュ金貨千二百枚といったところか。

人件費だけで金貨が千枚以上。

資材も、金貨二千や三千といった額では収まるまい。

ざっと概算して五千レット。それも、最低価格だ。魔の森で試行錯誤しながらであったことを思えば、倍や三倍かかっていてもおかしくはない。

恐ろしいほどの金額。

なるほど、レーテシュ伯が気にかける訳だ。

「えっと、確か」

男は、自分に与えられた任務を思い出そうと、記憶を反芻(はんすう)する。

自分たちの敬愛する主人たる、レーテシュ女伯爵直々に声をかけてくれた時の記憶だ。

「一つは、町の様子を隅々まで観察し、報告すること」

人の手が入ってこなかった魔の森にできた村だ。

どこにどんな秘密があるか分からない。

そもそも、些細な情報であっても集積して、整理して分析することで見えてくるものもある。

レーテシュ家はその手の情報分析に長けている家。ノウハウだってあるし、当代のレーテシュ伯が情報分析について熟達していることも大きい。小さな情報、些細な情報も、塵も積もれば山となる。

情報源だって多いほうが良い。情報を入手するルートが独立して別々になっているほうが、情報の種類や信頼性が上がる。情報分析の初歩だ。

ランブルが求められているのは、参考情報の一つとしてどんな些細な情報でも集めること。そして、レーテシュ家に伝えること。

「もう一つは、どういう人物が村にいるかを調べ、伝えること」

更に、村のハードウェア面だけでなく、人的なリソースについても報告をしてほしいと頼まれている。

何もこっそりと嗅ぎまわらなくてもいい。誰が村の差配をしているのかなどは、普通に暮らしていれば自然と分かってくるはずだから、その当たり前に分かる内容で構わない。そう言われている。

事前に言われている要注意人物についても、見かけたらその都度報告しなければならない。その数は四名。

一人は、モルテールン子爵カセロール。

本来であれば国軍の大隊長として、また中央軍の重鎮として、王都に詰めていなければならない人物。【瞬間移動】の魔法を使った、いついかなる時でも迅速に対応できる即応部隊としての性質を期待されている第二大隊の隊長として、カセロールは常に王都に居るはずなのだ。幾ら魔の森の開拓村が重要な案件であったとしても、所詮はモルテールン家の内政問題。カセロールが態々現れたとするのならば、絶対に何か大きなことが隠れている。

見かけたなら、或いは見かけた気がしたなら、絶対に報告せよと厳命されている。

もう一人は次期領主のペイストリー。

いつだってモルテールン家発のトラブルの中心にいる、騒動に愛された天才児。

魔の森の開拓自体がペイス発案ということらしく、かなりの頻度で見かける。

定期的な報告の際に、見かけたタイミングを全て報告するようにとのことだった。

いつ見かけたかという情報も勿論重要なのだが、いつ〝いなかった〟のかという情報も大事。

レーテシュ家ならではの情報分析ノウハウの一つではあるのだが、重要人物やキーマンの動向というものは、その場にいるときよりも、いない時に何をしているかが重要になってくるのだ。

ペイスを見かけなかったタイミング、或いはいたタイミングを整理することで、見えてくるものが必ずある。

レーテシュ伯はくどいぐらいに念押しして、ペイスを見かけた場合の報告を課してきた。

更にもう一人が、フバーレク伯。

当代のフバーレク伯の似顔絵まで見せられ、絶対に見逃すなと言われた人物。

東部の重鎮であるフバーレク伯は、つい先日レーテシュ家と衝突した相手でもある。モルテールン家とはかなり強い縁戚であり、モルテールン家の内情もレーテシュ家とは違ったルートで知ることが可能。

魔の森の開拓についても、フバーレク家であれば独自に情報を入手している可能性がある。

他所には流れない、身内だからこそ手に入れられる情報。

秘密の内容が何であれ、モルテールン家から漏れ出る可能性は少ない。当事者でもある以上、情報の扱いには極めて慎重になっているはずだからだ。

しかし、フバーレク家はどうだろうか。仮にモルテールン家から機密情報を手にしたとして、完璧に足並みを揃えるのは難しいのではないだろうか。

どこかで、モルテールン家と違った動き、ある種漏れ出る〝匂い〟のようなものがあるかもしれない。

モルテールン家を直接監視するのみならず、その周りを観察することで本命の動きを推測する。

レーテシュ家ぐらい情報を集めていれば、可能かもしれない。

最後の一人が、ボンビーノ子爵ウランタ。

レーテシュ家の人間として、ランブルもウランタの顔を見たことがある。

同じ南部貴族で、海洋権益を二分するレーテシュ家とボンビーノ家は、当主同士が顔を合わせる機会も多いのだ。

ボンビーノ子爵は、家中から女性を送り込んだフバーレク家とは逆に、モルテールン家から女性を取り込んでいる。

モルテールン家出身の娘が、当代ボンビーノ子爵の嫁。モルテールン家の内情についてはレーテシュ家よりも詳しく知っているはず。

身内に甘いと評判のモルテールン家である。ボンビーノ家に嫁いでいった娘とも、定期的に連絡は取り合っているだろう。また、美味しい話を最初に持って行くとしたら、ここになる可能性は高い。もしも魔の森にボンビーノ子爵が現れたとするなら、それは相当にデカい秘密があるという証拠になる。

他にも気をつけねばならない人物も多いが、絶対に見過ごすなと言われていたのはこれらの四名。

「そして、モルテールン家の狙いを調べる」

最後に、と前置きをされた上で頼まれたのは、モルテールン家が何を考えているのかを調べること。

これは、できる限りで構わないという努力目標とされている。

レーテシュ家が情報の収集と整理に長けているとするなら、モルテールン家は情報の攪乱(かくらん)と隠蔽に長けている。情報戦の素人ともいえるランブルが、簡単にモルテールン家の尻尾を掴めるとも思えない。

実際に、レーテシュ家の精鋭部隊がこっそりモルテールン領に潜伏しているとも聞かされている。

生半可な技術、付け焼刃の知識で、モルテールン家の狙いを看破できるなどとは思えない。誰だって、そんなことができるとは期待していないだろう。

しかし、ランブルはここにこそ注力して情報を集めたいと思っていた。

自分は、ようやく部屋住みの日陰者の立場から脱して、陽の当たる世界に行こうとしている。下手をすれば家の邪魔もの扱いすらされていた不遇な環境。そこから抜け出るチャンスが、今目の前にあるのだ。

是が非にも活躍してみせる。

ここで手柄をあげることができれば、レーテシュ伯の覚えも良くなるだろうし、主家の役に立っているという実績があれば、実家の中でも大きな顔ができるのだから。

「……レーテシュ閣下のご期待に、応えねば」

ランブルは、ぐっと胸を張った。


「どうですか、村の様子は」

村開きから幾日か経ってのこと。

定期報告の為にザースデンに来ていたコローナが、ペイスの前にいた。

柔和な笑顔のペイスは、いつもどおり。

普段と違いがあるとするならば、ペイスではなくコローナのほうだろう。いつも以上に強張った顔で目つきが尖(とが)っている。

村の様子を聞かれただけなのだが、視線で人を刺せそうな雰囲気である。

「それが……」

村の様子についての定期報告。

コローナは、順調ですと胸を張って報告したかった。

しかし、生来の生真面目さがそれを妨げる。

順調な部分もあるのだが、順調でない部分のほうが多いからだ。

ペイスもコローナの生真面目な部分は理解しているため、安心させるように笑顔で言う。

「魔の森に村を開くというのは、歴史上初めての試みです。問題やトラブルはあって当然。不安がることなく、ありのままを報告してください」

「分かりました」

ペイスの笑顔と言葉で多少は安心したのだろう。

コローナは、現状をありのまま報告する。

「まず、生産についてですが、馴染みのある豆畑では順調な生育であると報告致します。また、蕪（かぶ）についても特に問題なく栽培できているとのこと」

「それは重畳（ちょうじょう）」

「既に、飼葉（かいば）としての利用ならば可能であるとのことですが、どうしましょうか」

「……コローナはどうすべきだと思いますか？」

まずは、順調なものの報告から。

豆の栽培に関してであれば、モルテールン家は既に十年近い経験を蓄積している。

雨量を除けば気候も近しいし、そもそも魔の森の土は非常に肥えていることから肥料も少なくて済む。

成長の早い豆の木などは既に蔓が繁茂していて、育つかどうかを心配する必要は皆無だと断言できた。

むしろ、魔の森の特徴なのか、他の土地よりも生育が早い気さえしているというのが、コローナの報告である。

蕪に関しても、問題はない。

そもそも蕪のような根菜は育てやすい作物でもあるし、栄養のある土で育て、水さえ豊富ならば放置していてもそれなりに育つ。綺麗に美味しく育てようとすれば当然手間暇がかかるが、元々味を二の次にしてのテスト的意味合いが大きい。

はつか大根が二十日でできると言われるように、成長も早いのがこの手の根菜の特徴。

ある程度育ってしまえば、農耕馬の飼料程度としては十分使える。

軍馬であれば栄養管理もしっかりしなければならない為不安もあるが、例えば山羊のような悪食な家畜であれば餌としても問題ない。或いはロバであれば育てられる。これも粗食に耐えることで有名な家畜だ。今現在の魔の森産野菜でも、育てることは可能だろうと見込まれる。

問題は、ここからだ。

開拓村での自給自足を目指すにあたって、最低限の生産能力として必要なのは〝草を生やす〟ことだ。それができれば、山羊などに食べさせて育てることで食肉生産等ができる。

勿論、食料生産量としては微々たるものになるだろうし、大勢の村人を養うという意味では土地の利用としてあまりに勿体ない。

村長として悩みどころ。

現状、粗食に耐える家畜であれば育てられそう。豆や蕪といったものならば育てられそう。食料生産としては、最低限の目標には到達できそうだといったところ。

慎ましやかな生活であれば、何とかなりそうな状況が見えてきた。

ならば、もう一歩先を目指すかどうか。これが悩ましい点である。

砂糖モロコシをはじめとする、モルテールン家の特産品を試すのもありかもしれないが、それが上手くいくかどうかは未知数。それよりもまず、開拓村の収入を安定させることが大事ではないか。

という意見があるのだ。

現状の地歩を固める。

堅実に、上手くいきそうだと見込みがついたもので足場を固めるという選択も、間違っているとは言えない。蕪や豆が育てられそうな見込みができたのだから、確実に〝最低ラインをクリア〟と断言できる状況を、まず作るべきではないか。

これはこれで、正論に思える意見だろう。冒険を避けるというのは、悪い手ではないはず。

勿論、より一層の飛躍を見込んで、新しいことを試してもいい。

上手くいけば、コローナの村長としての評価も高まるだろう。失敗する可能性もあるが、モルテールン家では挑戦を間違っていることだとは言わない。

蕪や豆が育ちそうな見込みが立ったなら、そこはひとまず良しと見切りをつけて、もっと別なことに資源を投じる。これも、悪い発想ではないだろう。リスクを背負わずにリターンを考える訳にもいかない。結果として上手くいかない可能性があったとしても、試してみる価値はあるのではないか、という者も居る。

確実性を取るか。将来性を取るか。人的資源が限られる上に、土地とて潤沢とはいえないチョコレート村。二者択一の選択肢が、コローナの目の前に差し出されている。

今までであれば、ペイスを筆頭に領主家の人間が決断してきたこと。

それを、いよいよコローナが課されることになる。

悩ましさの中から、彼女が出した結論は一つ。

「……まずは、確実に飼料の生産を行いたいと思います」

選んだのは、確実性だった。

何をするにも初めてだらけ、不安だらけの村長としての立場。

神経の図太い、どこぞの菓子職人のような人間であればここから更にリスクを上積みできるのかもしれないが、ただでさえいっぱいいっぱいの状態では、不安要素をできるだけ少なくしたいという思いがあった。

大事なことは、決断すること。

指導者の一人としての決断に対し、ペイスは笑顔のまま頷く。

「結構。では我々はそれを当てにして領内の生産計画を行いましょう」

コローナの決断の結果を前提として、領内の全体計画を作る。

開拓村の生産量などたかが知れているだろうが、それでも影響がゼロな訳でもない。

チョコレート村の生産が振るわなければ、領内全体に影響するということ。

改めて、コローナは自分に課せられた責任の重さを痛感する。背筋もスッと伸び、目つきが更に険しくなる。

「流通についてはどうです？」

「今のところ、問題ありません」

チョコレート村は、現在はモルテールン領の領都であるザースデンとのみ繋がっている。流通経路は一本に絞られる為、ここが生命線でもある。

問題があるならばすぐに対処せねばならない訳だが、現状では特に問題なしという報告。

コローナも、ここは落ち着いて報告できた。

以前は巨大イノシシに襲われるといったことも起きていたが、今はそんなことも起きなくなっている。

「高架道路（ボンカロード）は？」

若干の期待と、いたずら心を混ぜたペイスの問い。

空に架けたと言われる、高架道路について。

「十分効果的であると思いますが……」

「何かありましたか？」

「空の守りに不安があるという訴えが」

「まあ、そうでしょうね」

ペイスは、コローナの指摘に頷く。

高架道路で対策しているのは、地面を練り歩く巨大な生き物に対して。

魔の森には、巨大な蜂の魔物のように空を飛ぶものも多い。

単なる道路というのであれば、そういった空を飛ぶ魔物に脆弱性を感じそうなもの。

道路を使っている人間からも、下はともかく上から襲ってくるものに対しては大丈夫なのかという不安の声が上がっていた。

「大丈夫ですよ」

「そうなんですか？」

「ええ。実は、ピー助のお散歩コースになっているんです。空は、多分一番安全ですよ」

ペイスの意見に、コローナは安堵した。

「ああ、なるほど」

ペイスが大龍の子供をペットとして飼っているのは有名な話だが、この大龍は蜂を含めた魔物の天敵という側面もある。

空の王者が散歩コースにしているというのなら、上空も定期的に最強の見回りが飛んでいるようなもの。下手な魔獣であれば、危険を感じて近づかないだろうし、魔獣でないなら対処は既存の兵でも可能。一本道であるし、ザースデンからならば迅速に駆けつけられる。

「安心しました」

「空の守りについては、コローナの胸の内に留めておいてください。他の人には内緒です」

「何故ですか？」

「大龍の軍事利用と取られることを、避ける為です。あくまでペットのお散歩ですが、他の人間には警戒する要素になってしまう」

「分かりました」

コローナは、ペイスの言葉に頷く。

いよいよ、彼女もモルテールン家の機密を、それも他の従士も知らない秘密を知る立場になったということだ。

従士として、一段上の立場になったということなのだろう。

「それで……治安のほうですが……」

「言いにくそうですね」

コローナが、もごもごと声を小さくした。

「実は、治安が乱れています」

「具体的には？」

「備蓄の盗難が続いているうえに、騒乱事件が頻発しています。また、暴行事件と思われることが多数。人手が足りていないこともあり、駆けつけた時には犯人がいないというのが続いておりまして」

「コローナ一人では手に余ると」

「力不足で申し訳ありません。恐らく意図的に治安を乱そうとしている人間がいると睨んでいるのですが、確証は得られていません」

元々、コローナはモルテールン領の新村ル・ミロッテで、治安維持活動に当たっていた経歴を持つ。治安維持に関しては、専門家と言ってもいい。

長い間、専門的にやってきた分野が治安維持。にもかかわらず、チョコレート村では治安が散々に乱れているという報告をせねばならない。

これほど恥ずかしい話があるだろうか。

農政が上手くいかないといった話や、流通に関してトラブルがあるといった報告なら、まだ専門外と言い訳もできただろう。しかし、よりにもよっていちばん自信があったはずのことで、上手くいっていないと報告せねばならないのだ。

コローナが、報告しづらそうにしたのも当然だろう。

「なるほど。村を荒らそうとしている人間、ですか」

元々、トラブルというものは幾つか想定されていた。

その中でも、不良な人間や、反社会的な人物の混入は予想されていたこと。

魔の森などというのは、普通の兵士ですら入ることのできない場所だ。仮にモルテールン家が村を切り開いたとして、そこが無頼の人間だけで占拠、運営できたのなら。

他所の兵士はやってこられない、無法者の楽園が出来上がる。

コローナは、反社会的な連中が集まってきているのではないかと懸念していた。

しかし、領主代行の少年は違った見方をする。

「他家の蠢動(しゅんどう)ですね」

「え？」

一瞬、きょとんとしたコローナであったが、すぐに意味することを理解する。

他家の蠢動。即ち、スパイである。

「分かりました早急に対処致します」

村長の目つきは、ギラリと険しくなった。


モルテールン家従士ラミト＝アイドリハッパは、今話題のチョコレート村を訪れていた。

「コロちゃん、これ、頼まれてたやつ」

チョコレート村の村長の屋敷。

崖の一部まで敷地にしているそこは、この村でも最初に作られた場所でもある。半径三十メートル程の壁にも守られていて、元々はここが最前線の拠点だった。

壁を広げたことで、元々あった堀は埋められた。しかし、壁は何かに使えるだろうと残された経緯がある。

壁の中の有効活用という意味もあり、ここには敷地一杯に村長の為の代官屋敷が建てられていた。

真新しい匂いがする新築の建屋の中。コロちゃんは、ラミトからブツを受け取る。

「ありがとう、助かった」

「いやいや。困った時はお互い様だし。同期の頼みだったからね」

「いずれこの恩は返す」

「これぐらいで恩も何もないでしょう。堅いことは言いっこなしにしようよ」

「む、そうか、分かった」

コローナがラミトから貰ったのは、資料だ。

それも、トップシークレットに属する類の、重要機密書類。

書いてある内容は、モルテールン家の領内に確認されているスパイについての情報だ。

モルテールン領は出入りが実に簡単で、兎に角いつでも人員募集をしている人手不足、労働力不足の土地柄。多少身元が怪しかろうが、受け入れてしまっているのが現状である。

新村（ミロッテ）の治安維持を行っていたころのコローナは、入領管理が意味を成していないことに悩ましい思いもしていたのだが、代官になった今はまともな労働力が流入し続けることのありがたみも分かってきた。

結局のところ、全てを完璧にすることは不可能。ならば、より優先すべきはスパイによって盗まれる機密ではなく、継続的な成長を続けることだろう。

モルテールン家が一目置かれているのも、結局は経済的に成長を続けているからだ。どんどんと経済規模が拡大し続けている領地であれば、勢いがあるともいえる。

勢いのいい、威勢のいい所であれば、少々のことは目を瞑ってもらえるもの。多少の行儀の悪さや、新興故に行き届かない配慮なども、勢いのあるところであれば見過ごしてもらえるのだ。

外交的にも、軍事的にも、経済的な伸長の勢いというのは大きい。

だからこそ、モルテールン家は現状で人材獲得や人口増加を優先しているのだろう。人口増加は、即ち経済拡大だ。

コローナは、同期の好意を受けて資料を見ながら、そう考える。

「それで、専門家としてはどう思う？」

資料に目を通しつつ、コローナは目の前の同期に尋ねた。

同僚たるラミトは、外務を担当している。それも、普段は領地の外に出て活動しているエリートだ。忠誠心に信頼を置かれているからこそ、領外の仕事を任せられる。モルテールン家にとって代えがたい人材なのが、この男である。

ラミトは対外情報の収集を担っている訳だが、外務官として防諜についてもいろいろと勉強していた。情報収集のテクニックを学ぶことは、即ち情報漏洩を防ぐテクニックを学ぶことでもある。泥棒の手口を学べば、防犯に役立つようなものだ。

ついでに言えば、一時期ペイスがつきっきりで特訓したこともあり、専門家といっても過言ではない知識を持っている。こと同期の中だけに限れば、唯一抜きんでた防諜の専門家である。助言を求める相手としては、彼が一番頼れる。

コローナが聞いたのは、勿論チョコレート村の内情について。

目下のところ治安をわざと乱している存在がいると目される。

次期領主の見立てでは、外部勢力の影響とのことだが、説明を受けたことでコローナ自身もそう見るようになっていた。

自然発生的に生まれた騒乱ではない。明らかに、何かしらの意図をもって治安を乱している。だとすれば、意図はさておいても外部勢力の蠢動を疑うのは当たり前のことだ。

気になるのは、どこが荒らしに来ているのかだ。

ラミトの専門知識を頼るのも、ここを知りたいから。

残念ながら、コローナ自身に外交的な知見は乏しい。無知だとは思わないが、日々さまざまに移ろっていく外部の情勢を、完璧に摑むのは無理だ。

「俺の意見で言うと、怪しい所は三つかな」

「ほう」

ラミトが、資料の何か所かを指さす。

「これとこれとこれ。この三人、というか三チーム。レーテシュ、エンツェンスベルガー、ルーラー」

外部の人間がチョコレート村に入っていて、諜報活動を行っている。騒乱行為であろうことを除けば、これ自体はあり得ることだろうと事前に想定されていたこと。情報収集ぐらいならばしてくるだろうと想定されていたことだ。

問題は、村の運営や魔の森開拓を失敗させようと動いているような勢力がいるかもしれないということ。

容疑者となる可能性があるのは、ラミトが挙げた三組織。

エンツェンスベルガー辺境伯家、レーテシュ伯爵家、そしてルーラー辺境伯家である。どれも神王国の高位貴族。

「全て四伯ではないか」

「そう。それだけうちが警戒されてるってことだろうね」

エンツェンスベルガー辺境伯家は神王国の北を守る地方閥の雄であり、モルテールン家とは親しい。かつてはカセロールと共に戦場で馬を並べたことも有る戦友という奴で、性格的にも好感の持てる相手というのがモルテールン家内部の評価。

しかし、親しいからと言って安心できないのも貴族社会の常。

ここの家は専守防衛には一家言あり、守りという点では国内でもトップと言って良い。少なくとも、三指に入ることは間違いない。

守りに長けている家というのは、総じて諜報活動も上手いもの。

後の先をとるためにも敵対勢力の情報は必要不可欠であるし、いざ敵が仕掛けてきた際、狙いをきっちり見破らねば思わぬ不覚を取ることもあり得る。

事実、過去に一度不覚をとり、外国勢力による大規模な迂回襲撃を許してしまったことがあった。

情報収集の重要性は、誰よりも骨身にしみているはず。最近何かと話題のモルテールン家に対して、情報収集の手を伸ばしていても何ら不思議はないし、むしろしていないほうが不思議だ。

仮にエンツェンスベルガー辺境伯家がモルテールン家の邪魔をするとして、その意図までは分からない。しかし、モルテールン家の邪魔をできるだけの諜報能力という点だけ見れば、可能性はある。

軍事行動には能力と意志という二つの要素が揃ってこそなのだが、エンツェンスベルガー辺境伯家には能力はある。間違いなくある。国内屈指の能力だ。

疑いというのであれば、容疑の一つもかけたくなる。

レーテシュ伯爵家は、言わずと知れた南部閥のトップ。

ここも、情報収集や諜報といった能力に長けた家である。

エンツェンスベルガー家にも勝るとも劣らないだけの情報網を整備しているし、特にモルテールン家に対しては入念な情報網を敷いていると目されていた。

モルテールン家とは浅からぬ縁があり、何度となく食指を伸ばしてきている。

伸ばすたびにペイスに手痛いしっぺ返しを食らっていたりもするのだが、当代の当主はそれで簡単に諦めるような性格でもないというのがモルテールン家内部の見方。

やり方として、やや乱暴さのある点ではレーテシュ伯らしくはないという考えもあるのだが、モルテールン家を警戒しているという意味では動機は十分ある。

能力と、動機。どちらも揃っているとみることもできる点で、容疑者としては怪しさがあるとラミトは言う。コローナも、やや違和感があるとは思いつつ、容疑者としてあげるべきという意見には同意した。

権謀術数に関しては、ある意味モルテールン家より長けている家。女狐とも称される智謀の当主がいるのだ。コローナやラミトが考えもつかないような深謀があって、騒乱行為に加担しているかもしれない。

ルーラー辺境伯家は、西方の派閥を率いる有力者。

ここなどは、モルテールン家に対して色々と鬱憤を溜めている。

ヴォルトゥザラ王国に対する備えとしてあるのがこのルーラー辺境伯領だが、同じようにモルテールン家もヴォルトゥザラ王国に対する備えという役割がある。

つまりは、ライバル。商売敵である。

神王国内において、ヴォルトゥザラ王国に対する意見が出た時。備える立場の人間が一人であれば、その一人の意見は最大限尊重される。専門家でもあるからだ。

しかし、その専門家が二人いたらどうだろうか。

例えば賛否の分かれる問題が起きた時、片方の意見が賛成で、片方の意見が反対であった場合。簡単に片方の意見を採用しようとはならないだろう。

モルテールン家創設当初であれば、モルテールン家は弱小も弱小。意見を言ったところで、吹けば飛ぶような影響力しかなかった。ルーラー伯は、ヴォルトゥザラ王国に対する国策について、自分の意見を難なく通すことができたことだろう。

しかし近年、モルテールン家の影響力が伸長してきた。更にヴォルトゥザラ王国にペイスが足を運んでいるし、一策をもってヴォルトゥザラ王国の伯爵家を潰してもいる。

ヴォルトゥザラ王国に対する国策を決める際、モルテールン家の意見もそれなりに尊重される地盤ができてきているのだ。

ルーラー伯から見れば、自分たちの思うとおりに行かなくなってきたと思っているはずだ。

目の上のたんこぶのように目障りに感じているだろうし、モルテールン家の影響力を落としたいと願っているはずである。

つまり、動機という点では一番怪しい。

三者三様に、容疑者たりえる理由を持つ。

「四伯が揃いも揃ってスパイを送り込んできているのか。知らなかった」

「知ってどうなるものでもないし、入ってきていることを知ったうえで、上手く利用すればこちらの出費なしで情報操作ができる。ってペイス様が言ってた」

まさか、ここまでスパイが大勢入り込んでいるとは知らなかったと、コローナは驚く。

治安維持をしていた時には、薄々スパイが大勢いると思っていたのだが、まさか四伯が揃って送り込んでくるほどだったとは。

村長になって、機密を知る立場になったからこそ知る領地の現状。

悩ましさと共に、それを完全にコントロールしてきた上層部にも改めて驚愕する。

「私とは、考え方のレベルが違うな」

「コロちゃんも代官じゃないか。頑張りなよ」

「ありがとう」

コローナは、同期の外務官に心からのお礼を言うのだった。


暗がりの中。

人目を憚(はばか)るものの蠢く時間。

「なるほど、では村の運営は上手くいっていないと？」

「はい。どうも〝妙な連中〟が交じっているようです」

レーテシュ伯爵家従士ランブルは、顔も見えない相手に話しかける。

相手の素性は知らない。知らないほうが良い相手だ。

知ってしまうと、芋づる式に関係性が露見しかねない。知らなければ、それだけお互いに安全になる。

ただ一つ分かっているのは、名も知らない相手が、敬愛する女伯爵の手のものだということ。

不定期に呼び出しがあれば、こうして自分が知っていることを報告する。

ランブルの今回の報告内容は、チョコレート村に起きている〝異変〟について。

どうも、わざと開拓村を荒らそうとしている人間がいるようだということ。

「お前も似たようなものではあるだろう」

「当家は情報収集だけです。伯は、くれぐれもモルテールン家の邪魔はするなとおっしゃっておられましたよ？」

「そうだな。情報を探るだけであれば、モルテールン家も煩くは言わん。越えてはならない一線を、閣下は神経質なほど気にしておられる」

レーテシュ伯爵は、モルテールン家に対しては敵国である聖国以上のリソースを割り振って諜報活動を行っている。

しかし、決してモルテールン家にとって害になるような行動はするなと言明されている。諜報活動員全員が、全員とも。

伯は、兎に角モルテールン家と敵対することを恐れている。トップの強い信念、強固な意志というものは、下々の人間にも伝わってくるものだ。

絶対に、モルテールン家を怒らせたくないという意思のもの、それでも最大限に目配りを怠らないという体制。

慎重な、そして保守的なレーテシュ家らしい来往といえるだろう。

女伯爵の指示に従い、あくまで穏便に情報を集めているランブル。

彼は、自分の仕事を全うしようとしている。

「チョコレート村に入って思いました」

「ん？」

「伯があれほどモルテールン家を警戒するのも当然だと」

名無しの男は、ランブルの言葉に反応する。

「どういうことだ？」

「信じられないようなことが、当たり前に起きているんですよ」

「ほう」

「昨日の夜には何もなかったはずの場所に、朝起きたらいつの間にか水道が通っていたり、逆に森であったはずの場所がひと晩で整地された平野になっていたり」

ランブルは、チョコレート村が変化していくスピードにこそ驚いたのだ。

何をどうやったのかは分からないが、明らかに異常なスピードで開拓が進んでいる。

村の外では特にそれが顕著に見られることから、モルテールン家には何か〝秘密〟があるのだろうとは思う。

「……魔法か？」

「そうでしょうね」

魔法以外に、一晩で何十人分もの土木工事を終わらせることが、それも人に気づかれないように終わらせることができるとも思えない。

モルテールン家には魔法使いが多いと聞く。当主カセロール、従士長シイツ、次期領主ペイストリーの三人が、魔法使いなのは周知の事実。

もしかすると、隠れた四人目が居るのかもしれないと、ランブルは男に言う。

「よくわかった」

何か知っているのだろうか。

名無しの男は、ランブルの意見には理解をした。何か含みのありそうな様子だったが、自分が知ることではないのだろうとランブルは受け流す。

「あとは」

ランブルは、少しだけ言い淀んだ。

若干の間があったのち、情報が洩れる。

「魔の森に、勝手に入っていった者がいたという、未確認の話があります」

「村が安全だからと、魔の森を舐めてかかった者がいたのか」

呆れなのか驚きなのか。

魔の森の中に、許可なく進入した者がいるらしいという言葉に反応を見せる名無し男。

ランブルは、軽く頷く。

「恐らく、そうなのだろうと思います。村の人間をまだ全員把握もできていないので、本当かどうかまでは……」

魔の森に侵入した人間が誰なのか。

そこまで掴めていればかなりの手柄だったのだろうが、残念ながらただの村人であるランブルには細かい個人情報までは手に入らない。

「魔の森に価値のあるものがあると思い、抜け駆けしようとした者がいたのだろう。想定の範囲内ではあるな」

「そうなのですか？」

「ああ。だが、生きて帰ってくることができるかどうか」

「え？」

上司の、心配そうな言葉。

真剣に、魔の森から帰ってこられないと考えていることに、ランブルは背筋に震えが走る感覚を覚えた。

自分よりもより詳しいことを知っているであろう人間が魔の森を恐れる。今更ながら危ない場所にいるのだと実感した。

「魔の森って、そんなに恐ろしいんですか？」

「勿論だ。モルテールン家が開拓できていることが奇跡的なのだ。くれぐれも、お前は村から出るなよ。死にたくなければな」

「わ、わ、わ、わかりましましました!!」

本気の忠告であると理解したのだろう。

ランブルは、ブルブルと震えながらも敬礼を返すのだった。

「やれやれだ。確かに、大変な仕事だ」

コローナは、書類と向き合っていた。

書類仕事を苦手にしている訳ではないが、それでも自分が最終決裁者となって処理する書類というのは今までの書類仕事とは質が違う。

ましてや、極秘に調べを進めていることについての報告に目を通すとなれば、他人の目がないかを気にしながら読まねばならなない。

なかなかに神経を使う仕事と言える。

「だが、大凡分かってきたか」

慣れぬ書類仕事のなか、村の治安を守る為に頑張っていた。

報告内容を総合すれば、チョコレート村での騒乱の元締めが浮かび上がる。

「ルーラー伯が元凶か」

コローナは、村の治安が乱れている原因を、神王国西部のドン、ルーラー辺境伯の手のものによるものだと断定した。

明確に指示を出していた人間を確定し、その背後関係を調査した結果だ。やっていたことは、窃盗教唆（きょうさ）や暴行教唆など幾つかの犯罪教唆。

そう、教唆だ。つまりは犯罪を煽（あお）りまくっていた訳で、直接手を出していないところが厭（いや）らしい。

荒っぽい連中に対して『あいつはお前を悪く言っていたぞ』などと吹聴して喧嘩を煽ってみたり、どこそこの倉庫は何時が警備の緩いタイミングだ、などと盗みを煽ってみたりといった具合。

これは、煽る人間を捕まえたとしても大した罪には問えまい。噂を話していただけで、何の罪になるのかと開き直られるのがオチ。

頭の痛い話だ。

村へのちょっかいにどう対応するかも悩ましい。

以前のコローナであれば、新村あたりでそのような不埒（ふらち）な行為を見つければとっ捕まえて罰則を与えて上司に報告するだけで良かった。

しかし、村の代官となればそうはいかない。

どこからどこまでが村長の裁量であるのか。見極める必要がある。

村の中だけで解決できる問題なのか。或いは、領主や代行に相談し、領地全体、モルテールン家全体の問題として考える問題なのか。

「村長というのも難しいな」

責任の多い職責。

考えねばならないことは、ヒラであった時に比べれば遥かに増えた。

村一つ預かるだけでこれだ。領地全てを差配しているペイスは、今更ながらどれだけの仕事をしていたのかと、尊敬の念を新たにする。

最前線の開拓村を、他人に任せたくなる気持ちを心から理解したが、それで仕事が減るわけでもない。

「やれやれ」

書類仕事を懸命にこなしていたところ。村人が血相を変えて駆け込んできた。

「村長!!」

「なんだ?」

飛び込んできた村人の様子から、ただ事ではないと察したコローナ。

手元に置いてあった剣を反射的に引っ掴む。

「魔物が出た!!」

「すぐに行く!!」

コローナは、緊急事態を知らせる手筈を取ったところで駆けだした。

呼ばれて外壁まで来てみれば、壁の内側まで魔物が侵入してきている。

猿だ。

人並みの大きさをしていて、暗がりならば人間と見間違いそうな感じではあるが、腕は長く毛むくじゃら。おまけに猫背気味ながら頭は小さめ。今のように明るい場所なら間違いようもない。どう見ても猿。

ぱっと見、笑顔にも見える威嚇をしていた。唇が捲れるぐらい口角をあげて歯をむき出しにし、きゃきゃぎゃっぎゃと騒ぎ立てている。

「ぎゃぁあああ!!」

「何だよ、あれは!!」

村人の中でも血の気の多そうな連中が、二人ほど倒れこんでいた。どうやら、無謀にも魔の森の住人に立ち向かったところで返り討ちにあったらしい。

腕っぷしには自信があったはずの男たちが、簡単に倒されてしまった様子に、他の無頼漢たちも腰が引けている。

猿が少し動いただけで腰を抜かして逃げ出す。大声で騒ぐことで、猿を余計に興奮させてしまうというのに。

仮に村の城壁の中で逃げたところで、一体どこまで逃げられるというのか。

パニックというのは伝染する。当初は、魔の森を舐め、我こそはと戦おうと集まった者もいたのだろう。それが、早くも逃げ惑う群衆と化している。

「狼狽えるな」

一喝。

よく通る村長の声が、狼狽していた村民たちの動きを止めた。

「今から言う奴は、私と共に来い」

「え？」

コローナが、つらつらと名前を呼びあげる。一人、また一人と名前が呼ばれていく。

その中には、レーテシュ領からの移住者ランブルの名前もあった。

「お前ら〝戦える人間〟だろ？　知ってるぞ？」

コローナがにやりと笑う。

その顔は、どこか菓子職人の笑顔と似ていた。

「いくぞ、私に続け‼」

コローナが吶喊する。

急ごしらえのモルテールン領軍が数にして五人ほど。

対し、敵の数は二十を超える。人間並みの大きさの猿が二十頭だ。勝ち目はどう見ても乏しい。

そも、野生の猿と一対一で戦ったとしても、人間は勝てないと言われている。チンパンジーでも握力は二百キロあると言われているし、オランウータンなどは人間よりも筋力が五倍以上あると言われている。

ましてや人間並みに大きい猿ともなれば、筋力だけを見ても十倍は軽い。

コローナがそれを知っている訳ではないが、経験則から言っても魔の森の住人が弱い訳もない。何故城壁を集団で乗り越えられたのかという不思議はあるにせよ、今考えるべきは早急な対処。逃げる場所もない城壁の中では、まともに戦えそうな人間で戦うしかないのだ。

「なんでこんなことになってんだよ」

一人が大声で叫んだ。

棒切れのようなものを振り回しながら。

コローナが無理矢理巻き込んだ人間の一人だが、確かに動き自体は素人のそれではない。明らかに何がしかの武術を齧(かじ)っている。それも、剣のようなものを使う武術を、である。

人間というものは、追い込まれた時には体に染みついた動きが出るもの。咄嗟の時こそ、積み重ねた鍛錬が物を言う。

だからこそ、はっきりと分かる。棒切れを持っていようとも、戦える人間であると。

そして、体に染みついた武術の動きが露になっているのは皆同じ。コローナが指名した人間たちは、皆が皆必死になって戦っている。

完全に、バレた。

呼ばれたうちの一人であるランブルなどは、最早あきらめの境地にある。

名指しで呼ばれたことを思えば、少なくとも怪しい人間だとマーキングされていたのだろう。今こうして戦えることを自らで証明してしまったことで、スパイ活動の為の人材であることは確信に変わったに違いない。

こんな緊急事態すら利用する手腕は、見事というほかない。

だからと言って、手を抜くと自分が死にかねない。

ケダモノ風情（ふぜい）が、人間社会の微妙な機微を察してくれるはずもないわけで、間諜であるとバレないように手を抜けば、襲ってきた連中にとってみればただの弱点になる。

弱い敵などというものは、獣からすればただの餌。

特に猿という生き物は多少の知恵があるというのが相場だ。気を抜いて対処できる敵でもないし、できる状況でもない。

「ぐはっぁ!!」

戦う数人のうち、一人が吹き飛ばされた。

無理やり握りつぶされたのであろう、片腕が絞った雑巾のようにぐしゃぐしゃになってあらぬ方向にねじ曲がっていた。

見るからに痛々しい姿。どう見ても戦闘離脱だ。

戦える人間が少なくなったことで、より一層自分たちの危険が増す。

「くそ、数が多すぎる。もう駄目だ」

一人が叫んだ。

もしかしたら、その場にいた全員が叫んだのかもしれない。それほどまでに、絶望的としか思えない状況。

ぎゃあぎゃあと威嚇を続け、襲い続ける猿。減らない敵。やられていく一方の味方。好転する兆しなし。

逃げられるものなら逃げている。逃げ出さないのは、背中を見せることで無防備になってしまうことの危険性を知るからだ。

「諦めるな!!」

コローナが叱咤する。

彼女がこの場で最も手強く、そして最も危険な位置にいるのだ。その彼女が、背中で語る。

自分を信じろと。

言葉ではなく伝わるのは、強い想い。絶対に村を守るという覚悟だ。

「モルテールンは仲間を見捨てない。必ず助けが来る!!」

コローナが叫ぶ。

彼女は、自分の力を信じてきた。

幼い時から剣を握り、男に交じって殴り合い、叩き合い、競い合って実力を高め、生きてきた。

男勝りと陰口を叩かれることにも慣れ、眉を顰められる場面では自分に向けられる侮蔑の視線を無視することを覚えた。

どうせ弱いものの僻み(ひが)だからと、無視するようになったのだ。

自分より強い男とならば、結婚してもいいと親に条件を突きつけたこともあった。

小さいころから鍛えてきた自分より実力が上の人間ならば、きっと尊敬できる相手だろうと思ったからだ。

結局、そんな男は現れずにいる。

大人たちは、原因はコローナにあると非難した。お前がもっと女らしくすればいいと言って叱るのだ。

ふざけるなと言い返した。

今までずっと努力してきたことを、悪いことだったとでも言うのかと。言い返せば言い返すほど、女らしくない、生意気だと叱られる。理不尽だと何度嘆いたことか。

モルテールン家に来てからは、コローナは変わった。

コローナの性格が直ったからではない。環境が変わったからだ。

女性であろうと、男性であろうと、腕っぷしが強ければ認められる。褒められるし、尊敬もされる。

実家にいた時と比べれば、遥かに生きやすい。呼吸がしやすい。そして、自尊心を取り戻せる。

笑顔が増えたと言われた。

実家の人間は、それこそコローナが変わったのだと期待した。お見合いなどと言い出したのは、また下らない型に嵌めようとしたからであろう。

モルテールンでも、結局こうなのかと失望もした。しかし、失望は明るい展望に変わった。

コローナは、実力を正当に認められ、モルテールン家で誇りある地位を占めるに至ったのだ。

今、コローナは剣を握り戦っている。

これまでの努力の結果があって、戦えているのだ。

彼女は知っている。

自分を認め、信頼し、任せてくれた者がいることを。

だからこそ、心の底から信じられる。

きっと、仲間が助けに来てくれると。

「くっ!!」

コローナが、剣を飛ばされる。ただ飛ばされたのではなく、奪い取るようにして。猿たちも、誰が一番危ないのかを理解しているのだ。知恵があるのだ。

多勢に無勢。

いよいよ危ない。

そう思われた時だった。

「よく言いました村長、そのとおりです。モルテールンの名において、仲間を見捨てることはあり得ません」

よく通る、それでいて幼さの残る声がした。

コローナは、声だけで確信した。

頼もしき仲間が来てくれたのだと。

「魔法隊、戦術行動五番。狙いは敵の後方。撃て!!」

命令一下、強烈な熱風と猛烈な突風が起きる。

ごうという大きな音と共に、火炎が巻き上がった。

「ぬははは、栄えある国軍も、戦友を見捨てることはない。中央軍麾下第三大隊、助けに参った。

「いざや、突撃!!」

そして、何処からともなく現れたのは開拓の為に出ていたはずの国軍部隊。

モルテールンの精鋭たる魔法部隊と、国軍精鋭たる大隊による攻撃は、襲ってきた敵を一掃する。

助かった。

村の住人たちは、安堵のあまりその場にへたり込む。

一人立っているのは、コローナだけであった。

「ふむ、間に合ったようで何よりだ」

「ご助力感謝します。子爵閣下」

「何の、それも村長が奮闘したからこそ。流石はモルテールンの従士である。見事」

大隊長が、胸を張りながらコローナの健闘を称える。

彼女はあちらこちらに傷を作っていて、明らかに激戦を思わせる風貌。

誰が見たところで、最も大変な思いをしたに違いないのだ。

戦場経験豊富なバッツィエン子爵は、彼女がまさに戦士であることを実感する。

そして、称えた。

彼女の奮闘あってこその防衛であり、時間が稼げたからこそ援軍が間に合ったのだ。

民間人に被害を一切出さなかった戦いは、見事なものである。

「そのとおり」

更に、ペイスが同じようにコローナを称える。

コローナの奮闘があってこそだと。

魔の森から、いざという時に備えてコローナを代官に任じていたことは正解だったと、手放しで褒める。

だが、彼女自身は険しい顔のままだ。

「……私は未熟です」

「そうですか？」

コローナは、まず恥じた。

そもそも、魔の森から獣を村に入れてしまったこと自体が失態であると。

恐らくは何がしかの人為性があるのだろうが、それを防げなかったというのであれば村長の失態。自分の未熟であると。

しかし、その言葉はペイスによって遮られた。

「コローナ、貴方の後ろを見てみなさい」

「え？」

コローナが振り返る。

そこには、いつの間にか村人たちが揃っていた。

さっきまで戦っていた人間もいる。早々に逃げていた奴らもいる。隠れて震えていた人間もいた。

しかし、彼らの顔には笑顔がある。

「村長!!」

「凄かったぞ、流石だぜ」

「格好良かったわ、村長」

口々に、コローナの戦いを褒める。

村人は心から実感したのだ。自分たちの村の長が、どれほど頼もしいのかを。

いざという時、自分たちを正しく率いてくれると。

「……これからも、頑張ろうと思います」

「期待しています」

ペイスは、コローナの肩を軽く叩いた。

開拓は、まだ始まったばかり。

コローナが村長として真価を問われるのも、これからだ。

代官として、頼もしい姿を見せつけた。村人の心を摑んでみせた。

チョコレート村は、コローナに任せても問題ない。

「これなら、僕がしばらく留守にしても大丈夫そうですね」

「え？」

だから、ペイスはぼそりと呟いた。

呟きが聞こえたコローナは、ぎょっと驚く。

「先ほど、連絡がありまして。しばらく王都に出張となりそうです」

ペイスの言葉に、コローナは前途の困難さを思うのだった。

# あとがき

はじめに、この本を手に取っていただいた皆様に、心から感謝申し上げます。読んでくださりありがとうございます。

あわせて、この本の出版に関わっていただいた皆様に対して、厚く御礼申し上げます。お陰様で、二十三巻目を出すことができました。

また、アニメ、舞台、グッズ、ジュニア文庫と、多方面でご助力頂いております。この場をお借りして、関係者各位に感謝いたします。

本当に、多くの人に支えられていると実感しております。


さて最近の話題というと、アニメの収録になりますか。今、このあとがきを書いているタイミングで、アニメの収録が行われているのです。

一回目の収録は現地に行きましたが、それ以降はオンラインで収録を見させてもらっている訳でして、アニメ収録というものは、実に楽しいです。


ここで少しだけ裏話。

アニメの中で卿と呼びかける部分があります。

書籍では卿（けい）とルビを振っているのですが、一話の時点で私は卿（きょう）にしてほしい旨伝えています。

何故かというなら、アニメの視聴者に対して世界観が伝わりやすいと思ったからです。

元々卿という字は、Ｌｏｒｄの訳語。よく三人称としての卿（あなたとか貴君のような使い方）と混同されがちなのですが、貴族に対する呼びかけとしてＬｏｒｄを使う場合、卿（けい）でも卿（きょう）でも、どちらにも用法があります。

モルテールン卿、と呼びかける時に卿（きょう）という用法なのだから、同じ使い方をしたほうがより貴族に対する敬称なのだと分かりやすいはず、という判断をしました。耳で聞いていると、読みが違うと別の漢字だと勘違いしてしまいそうだとも感じまして。

私が唯一口を出してしまった部分でもあります。

放送が七月になりそうだとも聞いていますが、収録を先んじて見ている原作者としては、早く放送を見てみたい。

待ち遠しい限りですね。

アニメ放送も期待していただきつつ。

これからも引き続きおかしな転生をよろしくお願いいたします。

令和五年一月吉日　古流望　拝

巻末おまけ試し読み！
おかしな
転生
コミカライズ
第46話


原作：古流 望
漫画：飯田せりこ
キャラクター原案：珠梨やすゆき
脚本：富沢みどり

TREAT OF REINCARNATION

敵味方
入り乱れての攻防は
激しさを増した

ズバババ
うっ
ラミト!!

やられる!!

グラス!!
親父…

ぎゃあっ

ドドサッ
大丈夫か

あ…ああ
かすり傷だ

ひっ
ひいっ

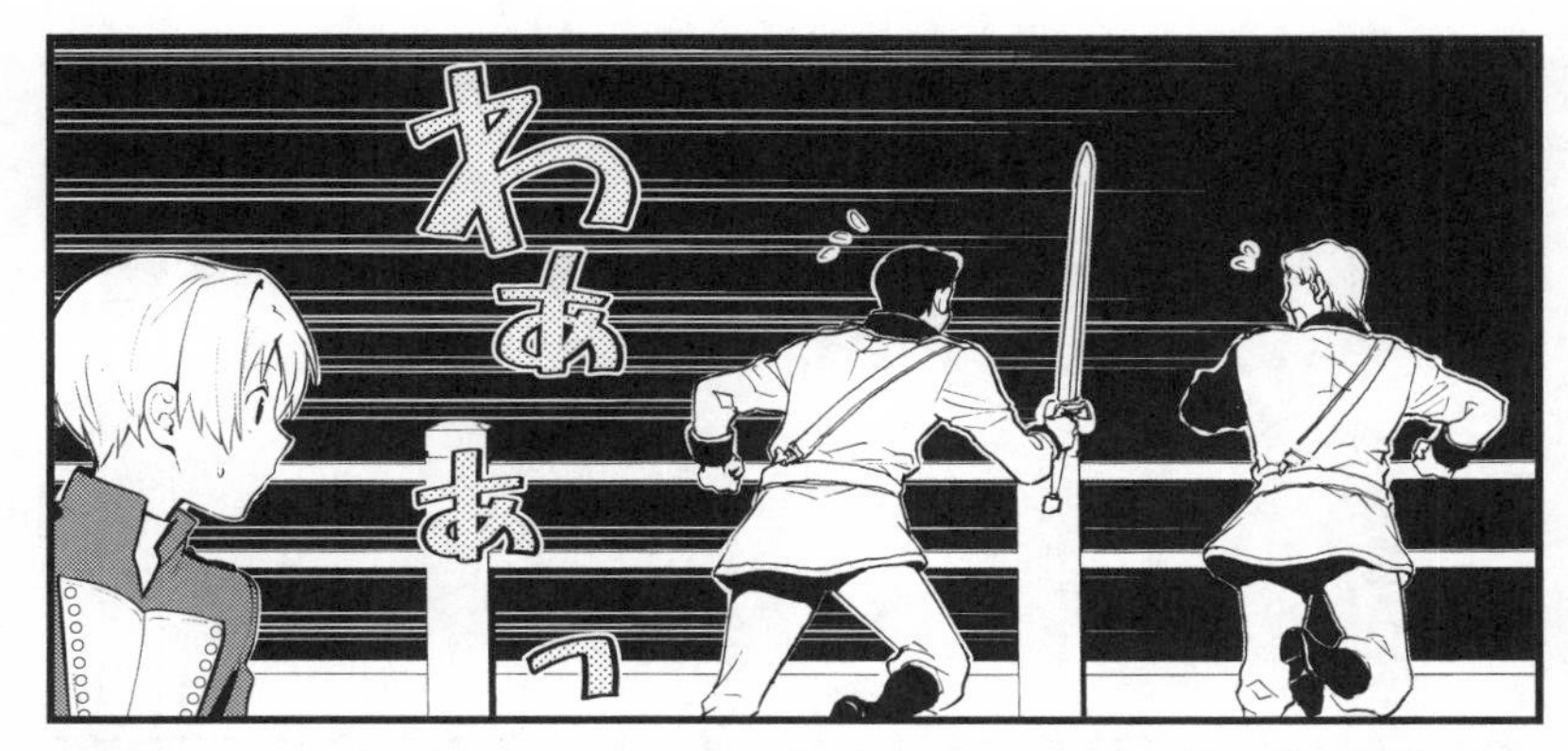
わあぁっ

お

どうにもそいつが
頭だったようですぜ
他の連中が
逃げ出し始めた

ふむ…
ならば…

スゥッ

総員
掃討にかかれ!!
深追いは無用です!!
こりゃいいぜ
命はいらねぇってなら
心ゆくまで
戦果を上げられるってもんだ

野郎ども！
金貨銀貨の掴み取りだよ！
ひっ
ひぃぃ…
わあああ
す…
すごい

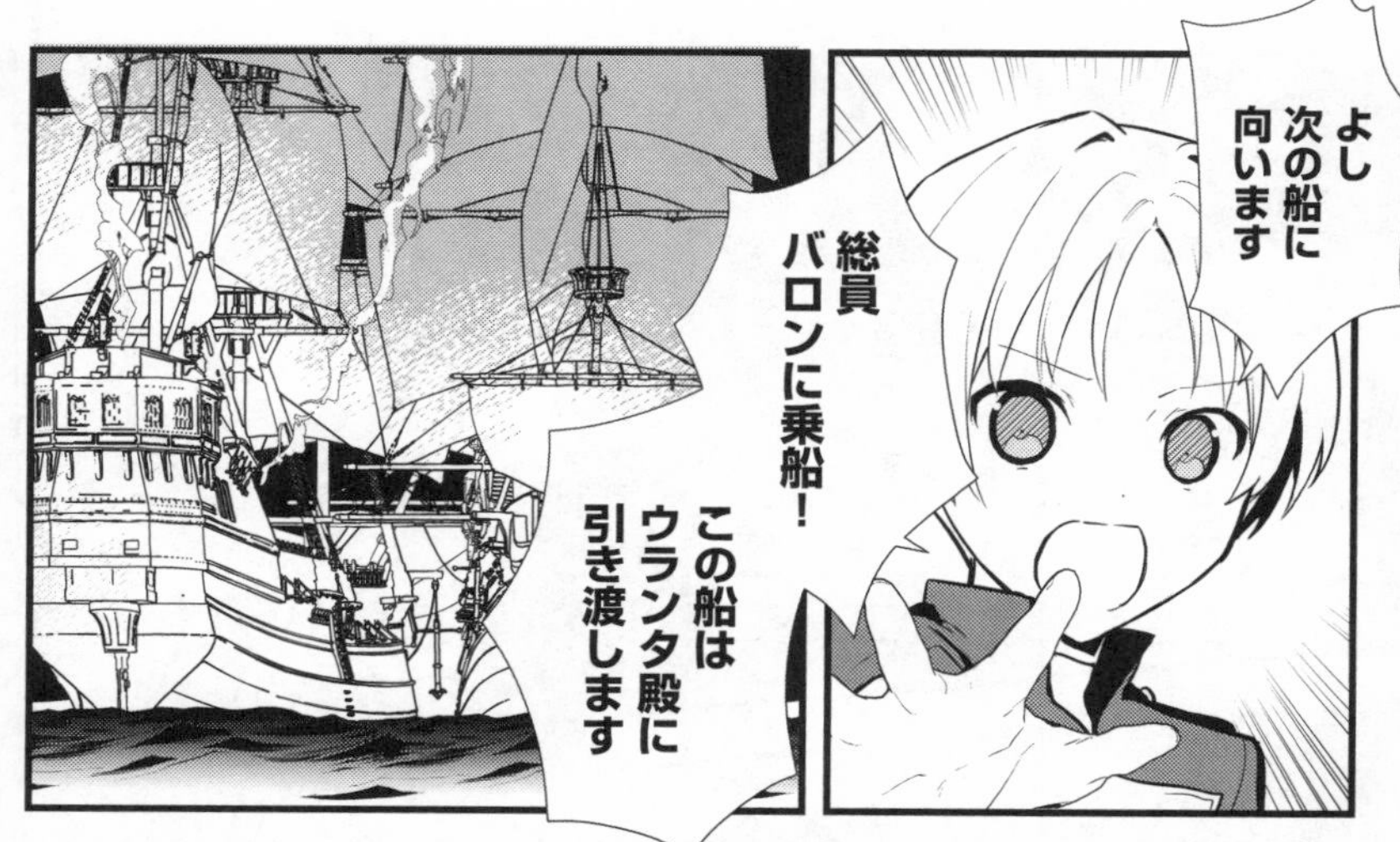
よし
次の船に
向います
総員
バロンに乗船！
この船は
ウランタ殿に
引き渡します

乗艦していた旗艦を失った
ウランタに対し
制圧した二番艦を
新たな旗艦として引き渡す

ウランタたちは後方で
海に落ちた味方の
救助活動にあたった
ゲほ
ゲほ
大丈夫ですか!?

一旦一掴んだ流れと
高まった士気をもってすれば
他の船の制圧も
あっと言う間だった
最後のほうになれば
何もせずとも
敵が逃げ出した
まず生きて陸地に
たどり着くのは
難しいのだが
それでも船上よりは
マシとばかりに
海の中へと飛び
込んでいく連中も多かった

全ての制圧を
終えて…

敵指揮官格の４名が
ペイスたちのもとに
引きずり出された
それで…
あなた方の
雇い主は
誰です？

はん
俺たちは 子爵の圧政に
立ち上がった善良な――…
バキッ
!!

うぎゃあああ
勝手な発言は
許していませんよ
ぎゅっ
気分のいい真似
ではないが…

ここで見逃せば
さらなる犠牲が出る
質問に
答えてください
どんなに
手荒な手を使ってでも
口を割らせなければ
答えていただけなければ
こちらも尋問を
止めるわけに
いかないのですよ
おお…！
容赦なし
当然だ

それで
他の仲間は
いますか？
だから
知らな

バキッ
あぎゃあああ
仲間をどうやって見分けていたのですか？
止めろ止めてくれえええ
ボギッ
ビクッ
行動決行を指示したのは何時ですか？
あぎゃえええええ
バキッ
聞き込みは情報の裏付けと口裏合わせの阻止のためだ
しぶとい人間もいたが急所を潰されかける段になってようやく口を割った
いくつかの情報が整理され……

黒幕はやはりリハジック子爵
しかも帰路には海賊に扮した暗殺部隊の待ち伏せですか…
今回の作戦が上手くいけば
リハジック子爵に今以上の待遇で取り立ててもらえると約束され…
内通していた…
およそ想定していた可能性の中では悪いほうに当たる……

さて…
若様…
ご立派でしたな
ウランタが疲弊しているため
ペイスが暫定で指揮権を持ち
この後の行動方針が
話し合われた
俺たちは戦争をしようってわけじゃねぇでしょう

ここは海賊の待ち伏せを避けつつ1回退いて改めて態勢を整えるべきじゃねぇですかい？
こうやって証拠もそろったんですから…！

外交でリハジック子爵に
手をひかせることもできる
でしょうよ
ただの海賊相手ってのと
子爵家子飼いの
海兵相手てのとでは
まるで意味が違う
ふむ…

今回の海賊討伐の
目的は
①海賊被害をなくす
②海洋交易路を確保する
③加えて
ボンビーノ子爵の
実力を喧伝すること

交渉次第では
それが叶う
可能性もある
ここで
あえて戦わずとも――…

作戦目的を達成できるのなら退くのも勇気だ
では…
船を大きく遠回りさせて戻りますか
ボンビーノ子爵領に帰るんですね
よし！
帆を立てろ
それっ
みんな！
帰るとしようぜ!!
ザァ…

火災で1隻を失ったものの
勝利した彼らの足取りは
軽かった
ザザ
ザザザザ

ところが
ニルディアさん
船を
海賊の待ち伏せる
海域に
進めてください
な…？
なんだって!?

坊？
何を考えているんです!!
ちょっといいことを思いついたのですよ

ボンビーノ子爵領の
港街ナイリエ
そこから
しばらく船で
進めば…
急激な海流に挟まれた
海域が存在した
海流の上に乗ってしまえば
風が相当に吹かないかぎり
流されてしまう
それを
避けるために
自然と通ることになる
限られた場所に
彼らは待ち伏せていた

親分
見張りから報告です
親分じゃねえ船長と呼べ
心まで海賊になるぞ
リハジック子爵家の家人
ガーブンド＝タカヤハイ
ギロッ
それで報告の内容は？
例のボンビーノの残党が見えたらしいです
そうかよし！

モルテールンの船は
見えたか?
いえ
船の外装も
ボロボロですし
操船しているのは
ボンビーノ家の人間
だったそうです
ボンビーノ家の奴に
確認させたので
間違いないっす
あいつらがいたなら
逃げるしかないが

よ~し
そのまま
来い来い
その船
残らず奪うぞ!!
予定通りだ

ボンビーノ家を
取り潰せば
新たな家が
代頭するまで
数年は手続きに
かかる

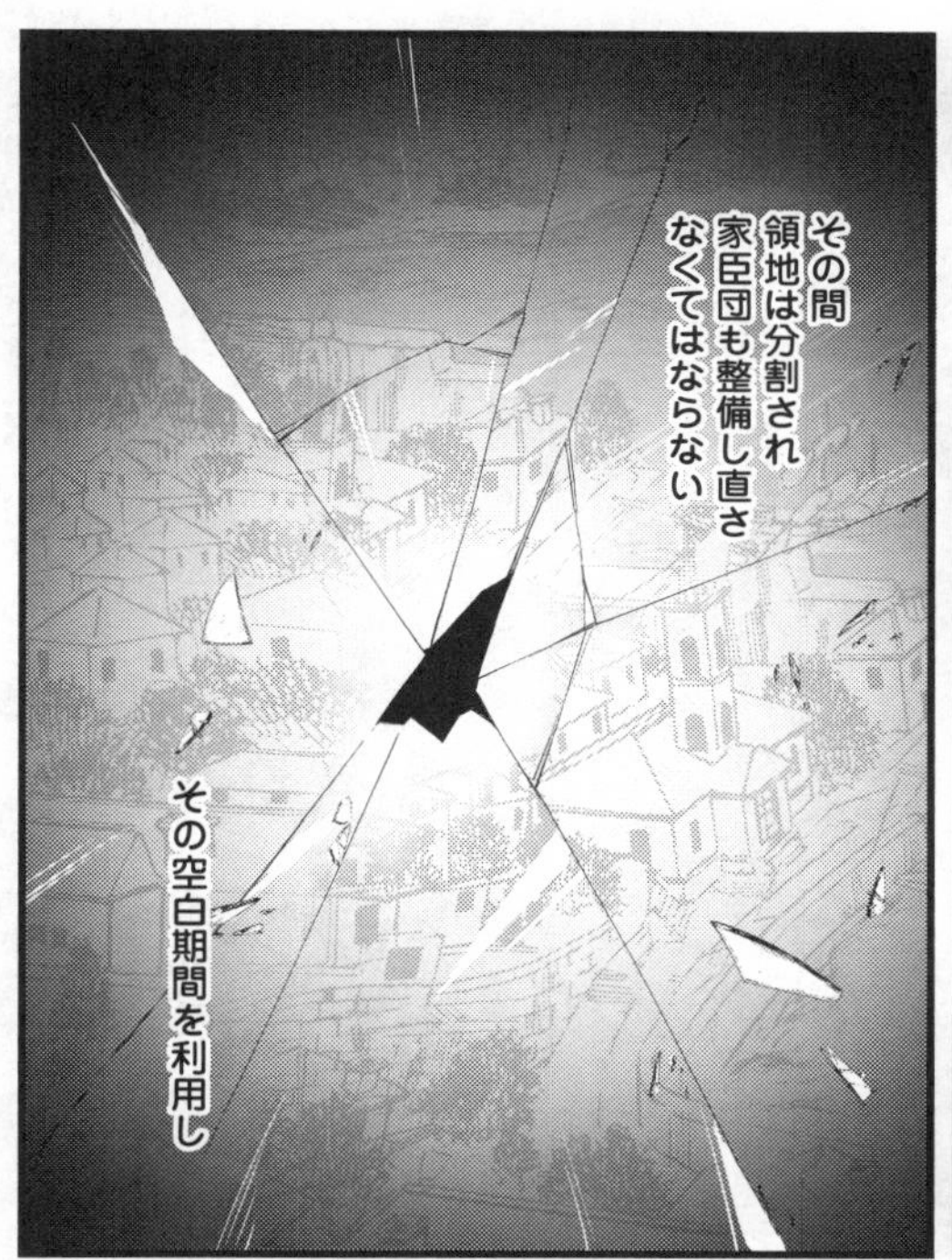
その間
領地は分割され
家臣団も整備し直さ
なくてはならない
その空白期間を利用し

すでに
子爵が手を
入れ始めている
街道沿いの村々を
一気に手中に入れる！

軍を入れる
大義名分さえできれば
あとはリハジック領まで
一直線
山沿いの街道
海沿いの街道
リハジック領
南部の主要街道を
どちらも掌中にしたならば
お家の躍進は間違いなし
晴れて俺たちも
役職付きだ

もし
ボンビーノ子爵が
乗っていたら
どうします？
知らんな
あの船には最初から
人なんぞ乗っていなかった
んだよ
いいか
今の俺たちは
海賊だ
船に誰が乗っていようと
やることはひとつ
ぬかるなよ
はい
親分！
いや…
船長!!

来ました!!

メヘ
陣！
ビ東京ほかにて
ニメ放送開始！
発売！
おかしな
転生
XXIV
著
古流 望
NOZOMU KORYU
イラスト
珠梨やすゆき
YASUYUKI SYURI

原作小説
TVアニ
いざ出
2023年7月よりテレ
TVア
2023年7月10日、㉔巻

# リーズ累計100万部突破!(紙+電子)

## NOVELS

### 原作小説第24巻 2023年 7月10日発売!

寄宿士官学校の留学生――
異国の姫君が誘拐された!?
ペイスと学生たちによる
事件解決策とはいかに……?

※23巻カバー

イラスト：珠梨やすゆき

## COMICS

漫画：飯田せりこ

コミックス1～9巻
好評発売中!

## JUNIOR BUNKO

イラスト：kaworu

TOジュニア文庫第1～2巻
好評発売中!

# 甘く激しい「おかしな転生」シ

## TV ANIME

**2023年7月より**
**テレビ東京ほかにて**
**TVアニメ放送開始!**

CAST
ペイストリー＝ミル＝モルテールン：村瀬 歩
マルカルロ＝ドロバ：藤原夏海
ルミニート＝アイドリハッパ：内田真礼
リコリス＝ミル＝フバーレク：本渡 楓
カセロール＝ミル＝モルテールン：土田 大
ジョゼフィーネ＝ミル＝モルテールン：大久保瑠美
シイツ＝ビートウィン：若林 佑
ペトラ＝ミル＝フバーレク：奥野香耶
スクヮーレ＝ミル＝カドレチェク：加藤 渉

STAFF
原作：古流 望「おかしな転生」
（TO ブックス刊）
原作イラスト：珠梨やすゆき
監督：葛谷直行
シリーズ構成・脚本：広田光毅
キャラクターデザイン：宮川知子
音楽：中村 博
アニメーション制作：SynergySP
アニメーション制作協力：スタジオコメット

アニメ公式HPにて予告映像公開中!
https://okashinatensei-pr.com/

## GOODS

**おかしな転生**
**和三盆**

古流望先生完全監修!
書き下ろしSS付き!

**大好評**
**発売中!**

## STAGE

**舞台**
**「おかしな転生**
**～アップルパイは笑顔とともに～」**

**DVD化決定!**

**2023年8月25日発売!**

## AUDIO BOOK

**おかしな転生**
**オーディオブック**
**第1巻**

朗読：長谷川玲奈

**好評発売中!**

## DRAMA CD

**おかしな**
**転生**
**ドラマCD**
**第②弾**

**2023年**
**7月10日**
**発売!**

※第①弾ジャケット

# 詳しくは公式HPへ!

（第23巻）
# おかしな転生XXIII ふわふわお菓子は二度美味しい

---

2023年5月1日　第1刷発行

著　者　古流 望

発行者　本田武市

発行所　TOブックス
〒150-0002
東京都渋谷区渋谷三丁目1番1号　PMO渋谷Ⅱ　11階
TEL 0120-933-772（営業フリーダイヤル）
FAX 050-3156-0508

印刷・製本　中央精版印刷株式会社



ISBN978-4-86699-806-0

Printed in Japan